天星诗库·新世纪实力诗人代表作

变色

扶桑 著

扶桑诗选 1998—2018

山西出版传媒集团 北岳文艺出版社

·太原·

图书在版编目（CIP）数据

变色 / 扶桑著. — 太原：北岳文艺出版社，2019.7
ISBN 978-7-5378-5898-4

Ⅰ.①变… Ⅱ.①扶… Ⅲ.①诗集－中国－当代 Ⅳ.①I227

中国版本图书馆CIP数据核字（2019）第071234号

变色

扶桑 ◎ 著

//

出品人
续小强

选题策划
刘文飞

责任编辑
范戈

书籍设计
张永文

印装监制
巩璠

出版发行：山西出版传媒集团·北岳文艺出版社
地　址：山西省太原市并州南路57号　邮编：030012
电　话：0351-5628696（发行部）　0351-5628688（总编室）
传　真：0351-5628680
网　址：http://www.bywy.com　E－mail：bywycbs@163.com
经销商：新华书店
印刷装订：山西新华印业有限公司

开本：787mm×1092mm 1/32
字数：207千字
印张：8.75
版次：2019年7月第1版
印次：2019年7月山西第1次印刷
书号：ISBN 978-7-5378-5898-4
定价：38.00元

本书版权为本社独家所有，未经本社同意不得转载、摘编或复制

献给我的父亲黄宗树先生

目 录

辑一

003　变　色
004　无花果树这样分配它的果实
005　房间宛如白色的信封
006　旅　行
008　交　谈
009　湖
010　房子埋藏着人的记忆
011　火车载着重重的心事
012　河流几乎不流动……
013　风雪暮归图
014　书信的命运
015　有鳍的上帝
016　七号诊室
017　老　人

019　闻山口五郎尺八

020　记　梦

021　泪中的上帝

022　如何达到真实

023　两个人的恋爱

024　节　后

025　母与子

026　海之情歌

027　微　风

028　满月下

029　丰　收

030　没有人认识我

032　自画像

033　迷

034　在我就要折断的时候

035　冰雪词

036　初秋天空的那种蓝

037　心的邮箱

039　失　语

040　走　神

041　秋　天

042　盐

043　浇　灌

044　这一个春天

045　雨品尝我

046　黎明的恋人

047　蛛　网

048　空　白

049　女人的身体

050　盐。或者霜粒

051　果子熟了

052　晚　春

053　有过很多那样的傍晚

054　令人倦怠的忧伤

055　葱　兰

056　人不能如月亮

057　虫

058　泪房子

059　人的心中要有泉水

060　赞美上天的赐予

061　哀歌者

062　它向我们软弱地哭泣

063　那一夜

064　反　骨

065　失　散

066　如果房间有心

067　可资忍耐之物

068　我的可笑除夕

069　承认这双手

070　指　令

071　墨西哥人庆贺死亡节

072　修表记

074　泥地上的脚印

076　热内·玛格丽特的一幅画

078　什么是你私有的

080　被祝福的一夜

082　灰尘之家

084　降　落

085　我池塘里的水满了

086　雾　里

088　黎明的窗

090　每年总有这样的时候

092　当风从梧桐的叶缘……

094　荒　废

095　日子的闷罐列车

096　八月十六致友人书

098　白色的刺

100　有伤痕的前额

102　心的时辰

104　在我父母的家里

107　新年前夕

辑二

113　银色的鞋子

114　孤独的来历

115　疏　离

116　因水声而明亮的夜晚

117　子宫：寂寞的白瓷瓶
118　长白山下
120　洗　手
121　这些日子
122　小说第九章
123　叩门声很轻
125　房间满当当
126　江水在夜色中运载积雪
127　旧电影
129　我保护你的肖像
132　清　明
134　爸爸的照片
136　我们怎样说"爱"
137　着火的纸钱
138　猫和花记得
139　流浪猫母子
140　河流和她的两个女儿
142　古书房
143　双山岛
145　船
146　海的消息
147　惊　讶
148　鸟鸣声中
149　我知道树木的快乐
150　爬山虎的脚
152　通济湖

153	银手指的雨啊
154	无尽的四月
155	花朵之美
156	花儿捧出全部的身心
157	花
161	月亮肖像
162	望　月
163	孤独者的月亮
164	月亮传说
168	月亮三章
170	诗人的椅子
171	海棠花
172	一棵树的骨骼
173	在沉默中
174	一首诗有它的命运
177	枪毙诗人
178	心的逃亡
179	写作，延伸了孤独——

辑三

183	死亡随想（组诗节选）
188	绝　句（组诗）
193	她（组诗）
197	空贝壳之夜（组诗）
200	我的生命（组诗）

205   黑夜的色彩（组诗）

212   秋天叙事（组诗）

226   无需命名的诗（组诗节选）

231   暗语：与保罗·策兰（组诗）

239   黑　黑（组诗）

248   旅行记（组诗）

257   **后记**

辑一

变 色

伤心于那在时间中变色的
不只是我的头发、树叶
伤心本身也变了颜色
从前鲜红的,现在透明无色

2015-8-18 晨

无花果树这样分配它的果实

这棵无花果树是自己长的
它的花我从没有见过
夏天我吃它的果子
我摘低处的果子。高处的留给鸟儿们
掉到草地上的就不必捡了
那是蚂蚁和老鼠的食物

2015-9-16

房间宛如白色的信封

房间宛如白色的信封
人,一页反过来折叠
写满字迹的信笺——

被写它的那双手,随便
投递到世上某处
像抛洒 一片雪花

成批
降落的雪中
一封信总是,独自旅行

2018-1-4

旅 行

1.
如同一封没有收信人的信
我把自己投递给远方
夜幕、晨曦、田野、山岗
微微磨损的信封一角,贴着
半个月亮——

2.
世人的诸多身份中
唯有这两个,依然能让我激动
——恋人,和旅行者。
而旅行,就是与山水恋爱

3.
我不是在旅行
我想见识世界、见识美
见识它的万千种形态和
我散落在那里的心

4.
旅行开始于启程之前
有如回信于收读之际
我带尽量少的行李和
一本薄薄的诗集,尽量去往
遥远、陌生的地方——

2011-9-7

交 谈

交谈有时令人衰竭
人们之间,彼此说着外星人的语言
我们和花并不这样
和猫也不

2017-5-25

湖

来吧,把你的荆棘、你石块的尖利投入我怀里
把你的泥垢、你的枯枝败叶投入
湖水沉默,绷紧
浑身涟漪的战栗——这疼痛的滤网
幽暗中,苦役犯的劳作无声无息直至
太阳升起——

2012-9-2

房子埋藏着人的记忆

房子埋藏着人的记忆
人的种种
伤心事
不愿再提及——

所以房子坚固:
用钢筋、水泥和砖石——
为了承担
那沉默着的,重量

2008-11-11

火车载着重重的心事

1.
火车载着重重的心事
像一根缝纫的细针在黑暗中穿行
气味复杂的车厢。挤在身边的
民工、学生、小商贩……
无数次,似乎,你逃离了囚禁
又一站站,奔向茫然

2.
像一个邮递员,火车
沿途分发旅客如邮件
他们无名无姓的脸上有
命运的含混不清的邮戳

2011-1-10

河流几乎不流动……

河流几乎不流动。
苦难那样,忍耐着——
暴雨
似乎把全世界的尘埃都冲到了那里

木板吊桥恍恍惚惚
有几处已经破损。两位
灰白头发的妇女在洗衣服
——在一条黄河那样的河里

但还是有一只白鹭,从我心里飞出
但还是有一只白鹭
围绕这河流低徊
把它纤秀的嘴、脚爪,伸入这河水

2000–6–13 夜

风雪暮归图

一辆孤零零的板车靠边停放
上面整齐地码着:胡萝卜、白菜、青椒
雪

一把破旧的黑伞斜支在地上,很大
绿头巾的小贩缩在里面
红肿着手

剥葱——

2009-12-12

书信的命运

书信有书信的命运。如同
写信人,有自己的命运——

有的信被弃置,被漫不经心的脚踩进泥土
有的信半途流落
在某个不知名的角落
有的信被一遍遍默诵用红丝带包扎像护身符
贴胸珍存
有的信被焚化,在吞咽的火舌中随同
那哀悼的手一起颤抖
有的信像分离的骨肉
渴望重回主人怀中
还有的信,永远、永远 ,像隐秘的痛苦
不付邮

1999

有鳍的上帝

鱼类的上帝是有鳍的
猫的上帝四足生着厚厚的肉垫
你的上帝一口河南官腔
他的上帝黑如一只漆皮鞋
女人的上帝美貌动人,身穿名贵的露背长裙
男人的上帝手握权柄,胯下
一副夸张的阳具,像原始部落的图腾

上帝,表情愁苦的
老囚徒,在万物的
妄念里服拘役正如在他们的受难里

2017

七号诊室

她背过身去解开胸罩
她解胸罩的姿势比别的女人笨
比别的女人慢
她解下来的胸罩有一只罩杯
像一只空碗盛满海绵
戴这样的胸罩夏天会不会长痱子,我没有问
我已记不清有多少女人在我面前这样
背过身——
她们身上失去的部分
在心里踩下深深的蹄印。那蹄印是雄性的。

2015-6-29

老 人

将死的躯体
比死后更沉
仿佛衰弱
才是最难搬运的
那一根原木。
人皮
面具的脸
不再回应
任何情感
躯体,一摊软塌塌的
肉,放弃了意志
的硬度
性器官
耷拉着,但羞耻心不再
充血勃起
家属们也不介意
它被裸露、旁观。无人
再把这些老人当作
一个男人

或女人。他们的性别
已被注销,如同曾有的
身份、经历、风度、光彩
这些,已连同他的神智一起
换乘
另一班火车……

一个老人的躯体
是他自己的遗物

2018-1-4

闻山口五郎尺八

如晾衣绳上的水珠
我们凝聚着生
天地茫茫
无非要完成各自的死亡

2014-4-20 晨

记 梦

我梦见一个奇异的名字,薄丘伽什
这是谁,为什么进入我的梦?
我梦见一个陌生的秃顶男子,引我
行走在异国的街道,那似乎是
德意志的初冬。他从黑大衣的口袋
递给我一本薄薄的半旧诗集
那雪的诗行我多想展读、多想铭记——
这时我醒了,书名和作者都已遗忘

2011-9-5

泪中的上帝

我所知道的上帝
不在高高的天庭
头上不悬挂铁环似的光圈
脚下也不铺烦琐的云彩,身边
也不围着瘦老头们和胖小孩

我所知道的上帝,不在
大师们的绘画
厚厚、发黄的典籍
不在——可笑的——教堂
或你脖子的,十字架上

我所知道的上帝
居住在泪里
你的每一滴泪里都有一个亲爱的
小上帝,很晶莹
——我唯独对他跪下双膝

2011-1-30

如何达到真实
——观画家卢西安·弗洛伊德

真,是残忍的。

你敢于直视?
这些裸体
这些男人、女人、老人
这些畸形的肉
一丝不挂的疲惫、茫然、悲伤
他们意识不到自己悲伤

这是人类的模样
这是十九世纪的模样
这是孤零零
正待被宰杀的动物躯体
没有祈祷仪式
没有受洗

2014-4-21 夜

两个人的恋爱

他们居于同一座城市,爱的
古老又神圣的耶路撒冷
并没有砖石垒砌的高墙和铁丝网
把他们隔绝在不同街区
但他们无可缝补的裂痕那样巨大
一个,是阿拉伯人
一个,是以色列人

2011-9-14

节　后

这一阵喜悦的风过境后
突然静下来的客厅乱糟糟
还保留着他们在时的痕迹
我整个人也这样又空又慌——
想要打扫
　又想再保留一会儿，这痕迹

2011-2-14

母与子

承载
使船舶迟滞

母亲,你在子宫里怀着
一个婴儿?

——不,你怀着一个陌生、惊奇的国度!

2011-8-26

海之情歌

我仍然记得
那天早晨
大海浅淡的灰绿色
像野猫的眼
那么清冷、寂寥。月亮
飘得很高
仿佛一枚被遗忘的纸鸢

我仍然记得
我曾经有一个身体
我曾经有一颗心
在那天早晨
我曾是你的恋人
哦，空无一人的大海

2013

微 风

一定有些什么
我已淡忘
当布谷鸟的低泣隐隐
响起，在我依然敏感的耳朵里
我不过
停下手中的抹布，失神了片刻——

呵，一定有些什么
我从未曾离弃。当我恹恹
萎去……
而今也在我渐渐舒展的心里，时常
恍如窗玻璃上剪剪的竹影
一阵阵轻晃

2006-6-21

满月下

寂静的夜晚我一个人走着
看到我的孤独在长大
弦月、半月、大半个……
现在它长成了
多么美的一轮
满月呀——
那么小的我的影子
站在它流遍世界的光芒下

2006-1-19

丰 收

我知道我的五月已经来临
五月,它在我身上一边收割一边种植
麦子堆入家中,水田平静地闪光
秧苗,已一排排站好
像小学生列队在清晨的操场

我知道我现在的样子是一个两腿分开的女人
分娩的姿势和受孕的姿势,是
同一个姿势——
"主啊",第一次
我很想这样向谁称颂
我结满籽粒的心弯垂着沉沉的金色

我是金色的。我是绿色的
我是阳光和月光,它们交互在我身上生长
我是田野,我也是山岗
隆出沉默在地底的狂猛力量
河流、微风、禽鸟们各种各样
嗓音练声的合唱……

2010-5-23晨

没有人认识我

没有人认识我。
多好啊
这里那里,一个人
可以这条白色的路那样
随意远去
也随意起伏

翻过这道山坡会有一座
村庄吧
四周围着一片
油菜花的海洋
多好啊
沿着那细长的田埂消失在里面

没有人认识我。
多好啊
一种湿漉漉的静默中
我和你,我的心啊

我们悄悄谈着什么
悄悄微笑

我们彼此观看
也观看那在我们里面和外面的
四季景色。它们的变幻

2001-12-4

自画像

我的灵魂有两间居室
分别住着黑夜和黎明

我一生写下过两封情书
一封给爱,一封给死亡

2012–6–12

迷

我心醉神迷于语言的爱抚。
尽管疑惑半睁着碧绿的眼眸
但当你双手的爱抚来临
我的疑惑,将猫一样乖顺地躺下
向你袒露雪白的肚腹
柔软、脆弱、无防范——

2011-12-2

在我就要折断的时候

在我就要折断的时候
我要轻声哼唱。我的忍耐要唱出一支
豌豆花最高处的卷须
那样柔韧的歌曲——
一条小径曲折向上，手一样攀爬

没有花，只有叶子。
没有歌词，只有乐曲。

2015–9–15

冰雪词

有时候我是冰雪，寒冷让我结出
明晃晃的刺凌
坚硬的铠甲，却在阳光下
泪流满面地消失、融化——

然而我爱我的消失——这终于完成的。
然而我爱我的恩人——那让我消失的。

2011-2-1

初秋天空的那种蓝

初秋天空的那种蓝!
——你可以,把整个天空都安放在
一只白鹭鸟的脊背上
它驮着轻轻起飞
而丝毫不觉得有重量

注入我吧,沿着我的双眼——
倾倒出我体内,那暗沉沉的积水
(我的脚绊在了夜晚)
允许我,用初秋天空的那种蓝
书写
我生命的、无人接收的信件

2015-9-9

心的邮箱

你睡觉时习惯侧身,双手
在脸颊边合拢
脸对着窗户就像
脸对着爱人,他并不存在

你的夜晚,不拉上窗帘。
天空,一幅长河般的
水墨图卷,笔迹出自远古
某一名顽童。流云,像一个浣纱女
把如烟的心思缓缓
投入河水,她有时完全出了神
白纱随水流散、消失

此时,如果
有月亮从窗外路过
像一匹白马,它会
停一停——

它停在那儿就像

你亲手贴在窗玻璃上的剪纸
你一笔笔描画、修改，一剪剪
剪成

月亮：有时候是一封信。
有时候是送信人、收信人。
它读过你所有的信。它还读过
你从未发出的那一些。
月亮就是你内心的邮箱？

2016-8-17 晨

失 语

我的话语丢了
整整一年,我不去寻找

乘黑,我摸入一只干燥的茧
枕着那粗糙发硬的内壁

那些丢了的话语不是星星
也不是萤火虫

是被我捡回的流浪狗,再一次
流落
并失去下落

也许它出发,寻找失踪的我

2013-2-17

走 神

雨在弹琴
今晚,它随意在屋檐下拨弄着什么
又随意走远

你想坐下来
写一封信。虽然不知道给谁
你想说说
很久没有这样,听着
雨声发呆了

你想告诉他
春天风大。一灯
如星
而粉色的蔷薇
凋谢前变紫

2010-4-26

秋 天

声音
随体温柱一起下降
在一个窗玻璃结满霜花的夏天夜晚

那个夏天很模糊——迅速
来了凉爽的秋天
硕大的梧桐叶干脆地碎裂

你一生没有更美的秋天
像那个
秋天，花完死亡的绚烂

2011-3-16

盐

在俄罗斯,知识分子被称作
大地之盐。
霞光是天空的盐。
孩子,是母亲的盐。爱
是万物的盐。
对于我荒芜、荒芜的
生活,痛苦是盐。
但太多的盐使我的舌头发苦,毁了
我的食欲和味觉——

给我一些清水吧

2004

浇　灌

荒芜，也是一种浇灌
哦心，但只有在丰收的谷雨浇灌后
你才领会到这一点。

2006

这一个春天

我歌咏过的桃树已被砍去
不再能告诉我春天的消息
我一直怏怏地睡着,仿佛已在
等待的厌倦中泯灭了……
但今天早晨,我终于听到布谷鸟的叫声
整整一天,它没有停
虽然,吹过面颊的风还依然有些冷

1999-3-25

雨品尝我

雨品尝我
一滴,一滴

少女的我
青年的我。渐渐
成形的中年
(一个空空的蚕茧)——

它品尝
我命运的盐

2011-8-1

黎明的恋人

你无数次目睹黎明升起
含苞的黎明。盛放的黎明。
你无数次目睹窗玻璃在蓝色中的旅行
你熟悉黎明的每一帧肖像

在黎明,你从不孤独。
在黎明,你脸那么柔和。
在黎明,每一个黎明,你感到自己的心
刚刚出壳——

2001—2009

蛛　网

你不想说话。抛下
手中书
又想打开电视，让吵吵嚷嚷填满房子

——雨落了。
你一下变成一幢搬空了家具的旧房子

是什么形成了雨？你永远不想知道
当它从天而降，你就失去平静。所有
遗忘了的灰翅雀
全都湿淋淋地回来了

你在窗前坐着歪着头
像懒人。又像烟缕近近远远
时起时伏

天黑。你执伞前往超市，抱回一包包零食

2006

空　白

我已确知我生命的大半都是空白
它徒劳的怅望未能成为
水墨画里的留白，音乐中的静止

我继续选择忍耐的涂鸦并为它清洗
白色之墨，理顺
恐惧乍开的笔毛

2011

女人的身体

女人的身体
当没有爱情居住
总显出一副灰蒙蒙、疏于打理的样子

你擦窗玻璃
你买来全套时新的家具
在阳台的花盆栽满玫红金黄的月季

也没用。女人的身体
当没有爱情居住,总显得像是一幢
不时莫名响动的空房子。一个慌慌
张张的人骑着怠懒的马匹

2009

盐。或者霜粒

盐。或者霜粒
是佐酒的上品
你所饮过的最醇最烈的
不是酒

沿着沉默的冗长石阶
你完全向内的听觉,执拗地
摸索下行
像劈开一道裂缝!

那儿,黑暗的井底
曳着微光的话语,心的
螺旋桨
无声运行——

2010-8-30

果子熟了

果子熟了
就会落地
死亡熟了
我们就脱离肉身飞去

在怀腹中,我们耐心地
孕育着它
不提前结束旅程
有时,我们炊烟一样轻诉,向某个不确定的
远方
也并非期待倾听

2011-1-30

晚　春

花都软垂下来
紫色的鸢尾现出更紫的条纹。依旧
未完成的春天
你不知什么已死去。唯有
眼睛还活着：两尾
浅水洼中的鱼——

2011-5-3

有过很多那样的傍晚

有过很多那样的傍晚
你不再写信。
抱臂
默立窗前,问候玻璃

"你好,最近过得好吗?"

房间,总在此时慢慢扩大
它的边沿。你渐缩渐紧
一个完好的
空心之茧——

2010

令人倦怠的忧伤

田野并不忧伤。
河流并不忧伤。
天空并不忧伤。它们都曾
被毁灭——

人啊,你为什么忧伤呢
难道就为了你那颗
杏仁一样的心吗?爱时,它有爱的忧伤
不爱时,它有不爱的忧伤?

2010-9-19

葱 兰

草地上，葱兰小小的白花微举
祈祷般
这一段脆弱会过去
（心，是雨的坐骑——）
流往平静的浅滩

我在长，逆着他们的方向
噢，我是否该为此
苦恼呢？尤其
当我爱的时候，它带着
我额头的皱纹奔跑向幼年

2010-9-19

人不能如月亮

病房大楼上空,月亮
圆了四分之三。还有一分
蹲伏在暗中静待
那最后的、光辉的一跃——

不像你。也不像你内心的残缺
它挥动渐长的鞭影
成为你高大的主人
仓皇的余生,你咩咩,奔逃不止

2011-3-16

虫

菜心里
软趴着一条细蛆似的肉虫尸体

比一声怒喝更快
吓退端碗的手

但,有可能,它是蝴蝶的幼仔
然而在美丽的变身展开前
你只感到厌恶

你也是它
有很多爱,来不及长大
你来不及展开它神奇的光彩

2011-3-16

泪房子

我有一间房子
泪水铸就，晶莹剔透
不为他人所见。我随身携带
但不轻易打开
除非天黑，雨特别大
淹没道路
那时，我掏出钥匙
进去，又把门轻轻掩上

明天会在门外等我
戴顶天蓝色的帽子

2014-12-13

人的心中要有泉水

人的心中要有泉水
沙漠多么可怕!

我很多年没有爱过了。不
我还从来没爱过——

上天!请接受我的俯额:
你给我的泉水不死,有如凤凰

我的泉水不是甜的
它泪盈盈

2011

赞美上天的赐予

一个女人应该配备
三匹马或三把剑:
美貌、才华和智慧。
我有一匹
瘸了的老马,一把豁了口的钝剑

但,从未像此刻
我想赞美上天的赐予,他给了我这双
手:丰满、柔若无骨
它并不美丽。然而带着上天赋予的体温
不会消失

2014-5-7

哀歌者

春天的布谷鸟
秋夜的蟋蟀,是我
在时间中的不同面貌——
原谅我,我再唱不出别的歌了
我再没有别的曲调

2011

它向我们软弱地哭泣

常常,它向我们软弱地哭泣
正是这哭泣打动
并不更坚强的我们
我们把它搂在怀里
"让我们相互——温暖吧"

且慢!——
为什么你头晕?
你在出冷汗!
什么时候你的血
已渐渐流干……

在我们悄然的倒塌里
它站了起来,碧绿且鲜红
大笑着离开我们残破的尸体

2003

那一夜

那晚
月亮步出,自迟缓的
迷雾中
亡魂般,无声无息
而在窗口命运
　　凸悬他决定性的微笑——

"你好!你好!请
稍候片刻——我的口红马上抹好"

2003

反 骨

我牲畜般的忍耐长有一块
天生的反骨

它被我肉体的茧一层一层
捂住

像用盒子藏起珠宝
像用纱布包住伤口

伤口：创伤的嘴。
伤口：被截肢的，话语。

所有伤口都有秘密
门微微开着——

2010

失 散

什么时候起、哪一个夜里,我失散了
体温,落英缤纷。

——生活有自己的野性
从不驯服的马背上
我被狠狠摔下

什么时候起、哪一个夜里,雨水
那错乱的藤蔓,要缠住我的心。世界
在一面有裂纹的镜子里
变了形——

我那失散了的想象力。失散了的
眼睛的晶莹——
我要知道,多少年后
你们在人间的下落

2006-1-10

如果房间有心

如果房间有心
如果房间有记忆
……它将选择坍塌!

你很久不到这里来了。
你让它空着。
只有灰尘是唯一的居民,整日无拘无束地嬉戏
还有那些逃不掉的木家具
不再穿的旧鞋子、旧衣服

有的人是吹进窗帘的清风
有的人来过像没来一样。有的人
所到之处留下一堆顽固的垃圾

你埋头清理了很多年——

房间里仍有一股惊惶不定的气息
仿佛一只狗刚刚被痛击。

2007-12-30

可资忍耐之物

可以——
用默哀似的眼睑。微微
鞠躬的嘴角(扁担一样)。
用眉间的细纹。磨损的牙齿。
用僵硬的肌肉。骨骼的
疏松度。
用头发里的补丁。一再
下降的体温。
用长刺的脾气
像圣徒的荆冠。
用越来越少的话语。
用心律不齐……没有
别的。纯粹是用这个
——一具肉体。
仅仅一具肉体。直到

它像一幢房屋,蛀满白蚁。炉膛里
一块已全然灰白的
蜂窝煤。

2005-12-1

我的可笑除夕

父母坐在客厅的电视机前
火红的春晚正上演

一扇关紧的房门背后,英雄的
嘎达梅林陪同

几行拄着拐杖的诗
在马头琴的声音里,寻访我

——命运可悲的重量
充填这个喜庆的晚上

2011-2-2

承认这双手

承认这双手
没有爱人,没有朋友
只能握住自己。在慢慢
赴死的路上

你只有这十根
手指骨、薄薄
包裹着的肌肉皮肤
不断磨损的手指甲

用它们你在湿冷阴暗的井壁
攀爬——

2011-2-17

指 令

我随时听候你的指令。为此
我儿子放弃了出生
他坐在星群中，蒙着没有找到眉目的脸哭泣

你不穿传说的黑袍子。你的手也不握
露一点白牙微笑的镰刀
你不用这个，击中我——

你是天蓝色的
你是橘黄色的
你是医院床铺的白色

我是你不死的种子，将一次次重回你的泥土

2011-7-18

墨西哥人庆贺死亡节

我从不如此庆贺死亡。
这些人，在南美洲的阳光下
这些深棕色皮肤的人
有足够的活力、强健的体魄和心灵
把死亡作为一个节日来狂欢
他们的脸戴着骷髅的面具，手持
雪白的头骨。那些微笑的头骨披金带银
被妆饰——

我不能如此庆贺死亡。
我，另一体质的人
死亡，在我心里——
它是我的秘密，我暗恋的情侣
每个傍晚使我萎谢、使我窒息
我就靠它
把灯芯般缩短的耐心一寸寸延长

2003-1-8

修表记

1.
坏了机芯的钟表
指针停在一个神秘的时刻
就在这个时刻,像一匹羸弱的老马
它,把生命放弃了——

我不去看,那是几点几分。

指针停在它
死亡的一刻。——它恐惧过吗?
呼救过吗?哭过吗?
还是,等待这一刻已经太久?
——"终于到站了,现在可以回家了。"

我的时间
死了
我不去看,那是几点几分。

2.
房间里重又响起
走马似的
漏水声。时间的
非人性的、无限精确的水滴

（我尝到了里面
无动于衷的
雪——）

我还有多少水，可以
一滴一滴
漏去？
——我在渐渐的干涸中

……

母亲，我要回你的子宫去
让我重新孕育

2003-12-28

泥地上的脚印
——记一部伊朗影片

敞篷卡车摇晃着消失。
卷起的尘埃已落回原地。
空荡荡
的院子里,他缓缓地转过
失神的脸:
    低矮的房舍
      黑乎乎的窗洞
        紧闭的木门
          剥落的墙壁……
喑哑的视线忽然,一闪
弯向一处小水洼
那儿,泥地上,如此完整、清晰
一个小巧秀美的脚印
——那女孩子临去时,慌乱踩下的脚印。
他,整个身子专注地垂向那脚印
他的心珍爱地拾起那脚印——
小巧、秀美的脚印
脚尖向前,朝向他,也朝向离别的方向
仿佛这个脚印就是

她,是一个光明的允诺
对于他们那从未表白、穷人的、前途未卜的爱
夹在两个国家、一场战争间的
爱——
于是,从阴影浓密的眉毛间
他那识字不多的
少年的脸缓缓漾起一个痛楚、柔情的微笑。微笑……

2004

热内·玛格丽特的一幅画

在一本画册里我看见你
那已是,至少十年前的事
我已忘记你的名字
忘不掉的是,手指翻到那一页时
感到的惊悸——
每个诗人脑子里都有一本
自己的诗集。你成为我诗集的封面
尽管不被任何人观看
整幅画是一扇大开的窗口
它开向天空:晴朗的淡蓝色
浮满白云。那些云,全都长成巨型
棉花糖的样子。边缘为朝霞
淡淡晕染
海在最低处,几乎只在想象中显现
窗台上搁着一尊年轻的女头像
一侧前额,淌下一小片血迹
暗色的、已凝结的记忆
(伤口是看不见的。它被画家
有意隐匿——)

我难以描述那张双目微合的秀美
面庞上,那种柔和的
沉思表情。它近乎柔情的回想。
是的,我要的就是这个
十年后,我的迷惑突然喊出
云开雾散的这一句——痛苦的
柔和、沉思的表情

把痛苦化作柔情!

2014-4-23 清晨

什么是你私有的

说说什么是你私有的?
你这被创造出来的生命
并不是。你同时也是儿子
女儿。你还将会是父亲或母亲。甚至

你的死亡也不是你
私有的。如果有人爱你
你将带着他的一部分
死去,另一部分,和他一起活下去

你活过很多次。
沿着一条长长的走廊你依次打开
每一扇门,你在每一间房里撞到的
黑暗、空虚,是你的。你皮肤下的淤血脏腑里的
疼痛,是你的。你的孤独
像根系发达的
恶性肿瘤。你的无法呼吸的恐惧。
你内心的危崖和断裂带……所有这些,我亲爱的
你喊不出来送不出去,也永远
不可能被分享。或剥夺

2011-1-30

我听见一串似远又近的风铃声

一天夜里,我听见一串似远又近的风铃声
很轻
俯在我耳边摇铃的是一个高大
瘦削的男人
没有脸。那里蒙着一块土织白布
没有五官
刹那间一种神秘的恐怖有如
寒毛上吹过的微风:
死神!
——原来我已死亡。

惊悸中
醒来,我为自己倒了
白水一杯。庆贺我及时死在
即将离去的这一年,它在我的手腕和脚腕
系上
永不脱落的疼痛的银链
庆贺我的重生,在第九天。随同
那贴着大红福字的新年,我的又一个
本命年

2018–2–7

被祝福的一夜

精神错乱的一夜。如此
平静的一夜。天,是黑的
一如它本来所是。
所有星星一律隐匿人们
一律沉睡。有人打鼾,有人磨牙
有人梦呓,泄露心事

她坐在窗前,读一些旧信。
读她自己的
胡言乱语——一些事情面目全非,一些事情
奇怪地,应验
双膝和双脚,寒战不已
脸颊——全身的血液拥挤在此,呼啸赛跑
焚烧
而眼睛——几乎,非人类的闪耀,它想

微笑!
身体里,某个地方
突然塌方,某个地方瓦斯爆炸

一股幽黑的地下水,无声上涨——
轰鸣和寂静,合唱
一个人的死亡。在这个世界上

一个人死了,很难
再活过来。而死者们将被谴责
因为他们独自承受了死亡
独自承受,那神秘的
致死性毒素——讳莫如深。
(死者从不为自己辩白)

一个人死了很难
再活过来。而世界如此
安详,像刚刚被祝福
鸟在树上。人在床上。地球
在宇宙间一个名叫"银河系"的偏远省份
风不吹。时钟滴漏
均匀的水滴
——什么,也不曾发生。

2003-11-18

灰尘之家

你是否还记得,那间
你迁移多年的屋子。久未开启的窗户
半掩的窗帘。白色书桌。手柄
弯曲的镜子。
瓷瓶里几枝萎为干枝的花(它们是
玫瑰——红色的!)一具
肉体。椅背上搭着的衣服。
它一直搭在那里——

没有
声音。没有
动静。白昼与黑夜,季节的
四张脸
无所谓地运转……

一种白色的粉状物(何物的
碎屑?——从何而来?)
近乎羞怯地飘临,小心翼翼
堆积,不动声色漂染——

在它无所不至的势力范围,什物
沉沉入眠。房间
沉睡。时钟、空气……沉睡。那具
肉体。
它们一直睡在那里——

2003–12–16

降 落

随时可能发呆,十年前
总有什么如乱云飞渡
在我映着霞光的脑袋里——
我笑。
我有弹簧的快活。

我只记得这些:关于太漫长的
青春——
此后……我似乎冬眠了很久。
说话声变低。犹豫着醒来的肌肤
带着雪味儿……

现在我躺着,像泥土也像青草
(——一切早已完成,终会
慢慢等到我们……)
莽莽苍苍的心中,是夜将来时的
暮霭
　　那柔和、无名的静默

2006-6-21

我池塘里的水满了

我池塘里的水满了。
我的心呵,你那样平静地微漾着
一闪一闪的涟漪
像一面接受了一切的镜子

我池塘里的水满了。

过路的人、饥渴的人
到这清凉的水里洗一洗你们的手、你们的脸
洗一洗你们风尘仆仆的疲倦吧
并且喝一口水润润你们的咽喉

我池塘里的水满了。
我的水不会少,也不会变浑浊
它那秘密的泉眼在永不停息地涌流中
呵,我池塘里的水满了,满了……

2000-11-23

雾 里 *

你已经忘记雾里了吗
你曾进入过雾里吗
你曾是雾里的居民
在雾里相遇,雾里分离吗

回头时
你已望不见雾里
你自己已是一小片行走的雾

雾里在哪
——旅游地图里找不到它。
你怀念雾里吗
雾里
有什么,它符合
你的期冀、你有过芳香的记忆吗
那记忆,会不会
已是倾圮破败的旧宅第,雕过花的廊柱间

---

* 雾里是云南一个偏僻的小山村的名字。

野兔和野草悄悄安家

无数道山峦把雾里和世界
隔开，一条河把你和雾里
隔开
没有道路通向那
很久之前你就出发了，寻找
一座桥，一艘船

你已人到中年——

2014-4-21 午

黎明的窗

长方形木框上浅绿色的漆
有些斑驳
枣红丝绒窗帘,睡前从不拉上
睡时也习惯性地
保持脸朝向它的姿势——为了
早上一睁开眼,就看到窗外的蓝天

这是我卧室的窗户
七楼之上。街对面是一大片穷人的
自建平房
无数黄昏,无数清晨
我曾凝视过那参差蜿蜒的屋顶
在阳光下,它黑瓦的鳞片会奇妙地
河流般闪耀

那时总是很早醒来,仿佛不舍得再睡下去
仿佛我和黎明
有着情人的约会——
曙色初现,天色幽蓝深湛,清凉如露。

我常常有人鱼
置身海底的感觉

世界沉沉睡着犹如茂草下的土。除了
梧桐树梢的那只鸟儿
那时,我总是在它的叫声中醒来
它稚嫩的嗓音天真而欢快
从不知忧愁……一年年,恍惚
和黎明的天色融为一体
恍惚它的叫声就是黎明的声音

2008-11-8

每年总有这样的时候

在昏昧中度日
犹如在深海里潜行……
偶尔，从谁家窗台上盆栽的菊花
发现秋天来临。秋意已深

很多时候
仅仅是活着。不知道为了什么
也无暇去思考
像陀螺，绕着惯性的圈子

越忙碌就越空旷——
每年总有这样的时候
仿佛晾衣绳上，一件
无人认领的旧衣服……

不如做那只活一年的草本植物
风霜雨雪，尽情体味季节的变换
不如放下一切背起
简单的行囊，徒步游历壮美的山川

每年总有这样的时候
对虚掷的生命感到懊悔——
一事无成，一年已将尽
一事无成，蜡烛已越来越短

虽然秋天在窗台盆栽的菊花上金黄灿烂，虽然
我在痛醒的片刻也曾微微拂动了一下——
我不知道那是什么阻止着我：
恐惧、倦怠、还是致人麻痹的慢性忧郁……

我无力，像烧过的煤渣

2008-11-7

当风从梧桐的叶缘……

早晨起来
脸总有些苍白
不吃早餐,一边系上外套的最后一枚扣子
一边匆匆赶往上班地点

每年总有这样的时候
忙忙碌碌,像傍晚的马路
又似乎空空茫茫
如同,并无列车停靠的站台

每年总有这样的时候
荒漠般,在酷日下、怏然欲睡
——就像牲畜忍耐
它们那磨得发亮的重轭

但,当风从梧桐的叶缘
吹出最初的黄意
有什么开始醒来,在我心里慢慢
凝结出一种尘埃

点点落定的静：

它生出天高云淡的旷远，也生出细小

微软的刺——

（一些事，只是不去触及）

2008-11-1

荒　废

很久没有读书了。
奔忙中的昏沉填满我像庭院长满杂草
有时,静下来是可怕的。
空落落的庭院,许多年都没有什么变化
再过一些年,也许仍是老样子——

我仿佛已到了那样的时候:
我似乎习惯了,却依然畏怯,又随它去
——那荒废了的生命、爱、岁月……

2008-10-8

日子的闷罐列车

铁轨上滑行，日子的闷罐列车
一节又一节，望不到头的相似
你在昏暗的车厢内壁画一扇窗子，窗外
青青原野，金灿灿的油菜花田
蓝得发白的天空下，两个小小的人影
背影模糊……
构图很简陋，笔触很笨拙
你不时用鲜艳的粉笔修补一下——
在到站之前，你倦怠的眼睛有了
可注视之物。被紧紧
扼住的心，有了飞行与停栖的地点

2008-1-10

八月十六致友人书

是的,我刚看月亮回来
带着我的狗。大街上尘土味很重,两边的
梧桐树叶一动不动(多久没有下雨了?)
今晚的天空是一种暗调子的蓝
月亮,仿佛圆规画成
但你看不到月光。城市的夜
月光,要到下半夜,当所有人间的灯火
熄灭——
我常常,在看的渴望与畏惧间
屈服于后者
你是否也这样认为,美
会触动你心灵中柔弱的部分
美,会把你变成一滴泪水?
很久以来我就不愿意
让我的心,哪怕轻微地战栗
平静是耗能最少的状态
尤其对于衰弱者。
整个夏天,我患上了精神瘫痪症
不,并没有什么特别的事

发生。它只是又一次发作

它总不定期发作,像一只坏脾气的猫

2007-9-26

白色的刺

我困惑于这些镜中的刺
这些变白的头发
亮得扎眼,每一根都那么粗、那么硬
仿佛锻打自哪一家乡间的铁匠铺
再多的黑发也盖不住它
多美的染料也哄不了它
每一根白发原本都是漆黑的,像孩子的眼珠。
当它变白,作为一个不幸被泄露的
词,是一声剧痛的
惊呼呻吟然而高傲地阉割了声带
每一根白发都在围困中,孤零零地
独自变白
仿佛白色就是一种冰冷的、沉默寡言的自我焚烧
自我照耀
(那些烧剩的灰不散,依然结晶为白色)
就像山林里游荡的老虎或僻居小地方的诗人
每一根白发独来独往
每一根白发都有自己的某个
夜晚某个神秘的时辰

——它的脚不再踌躇,决意踏上反向的路径。
每一根白发都被它不愿言说的某一道暗电击中过
这毁伤终生不愈,从此再也黑不回来

我的头发遗传了母亲早白的天性
幸甚我不会生育一个女儿再传给她

2015-8-26

有伤痕的前额

有的女人皱纹长在眼睛周围
有的女人，皱纹长在乳房和小腹

有的女人，拜托玻尿酸
把自己变成剥了壳的水煮蛋

她们的皱纹，长在心里
我的，集中在我不喜爱的额头

"师傅，刘海给我剪厚点。"
前额：我的羞耻

前额：厄运的宿营——
那里，一道最新加盟的伤痕有如

天边远逝的雁阵
一个斜乜的眼神

像分出一条路的海水，泄密的

刘海没有完成委托：

未能，像某些见不得人的私欲
冠冕堂皇地掩藏

毒舌嘴的朋友自言自语吐槽
"你长得一点也不年轻

又老又像个少女，诡异的魅力！"
……有人自温暖明亮的南方

寄来护身符，愿它护佑我遇难成祥
唉，我是不是最好贴在额头上？

2017-12-18 晨

心的时辰

一天之中我只爱两个时辰
夜晚和早晨

整个白昼像纺织厂女工,手脚不停
忙碌在轰隆作响的机床前

不!我就是那架轰隆作响的机床
每一个细胞每一个零件

争分夺秒地运转——
整个白昼我意识不到我是:一个人。

干枯、空洞的蛇蜕:
心的隐匿。心的冬眠。

白色是我的工作服。白色
包裹着身体就像棺材盖与棺材板

一天之中我只活两个时辰

夜晚和早晨

心的安静。心的时辰——
我回到我自己。我意识到它

不只跳动在我左胸：心充盈了整个的身体、
头脑，像一种柔情

种种柔情。心充盈房间的四壁
又涌流漫溢出去。心充盈整个夜晚、早晨

天和地之间的全部空间
充盈宇宙……心是宇宙的呼吸。

心就是宇宙！——一切是心。
我的心和它们，息息相关。

2017–12–15 凌晨

在我父母的家里

一切都是老古董
在我父母的家里
还摆放着七十年代
木匠打制的旧木箱
八十年代,宜兴出产的瓷桌子
父亲千里迢迢运回它们

阳台上壁柜油漆剥落
表情凄惶好似流浪狗
二十年没有整修过的
老房子里老人们
衰弱的身体
习惯了旧生活

像一个无法切除的赘疣
(像一个无法脱离的赘疣)
我寄居在父母家里
(就像寄居在此地
此种生活中——

我寄居在父母家里就像

寄居在人世）
和旧事物们做伴
经历过饥饿年代的父亲
童年数米吃的父亲
爱惜物品，"墙上不要楔钉子"
于是，我把画像挂在心里

参观朋友们的新居
华丽、时尚的摆设全无羡慕
除了，宽大敞亮的飘窗
半圆的拱形模仿天穹
全部的空间出让给
阳光。星光。或月光。

我幻想自己的房间
也有这样的一扇窗子
我整个人倚坐在上面——
飘窗：心灵的闲暇。
飘窗：心灵的郊游。
飘窗：人与世界的恋爱场所。

一个早晨或一个下午
一本书或咖啡的浓香，随便

想些什么或什么也不想……
淡黄色碎花的布面窗帘
就像一种女性心灵
窗外，一片树林或一条河

一声公交车汽笛的尖鸣
把天际遨游的目光猛地拽回
锈迹斑斑的铁栅外，雾霾沉沉的冬日
天空下，熙熙攘攘走动着
流放犯一样勾着头
灰黑衣服的一群病人，又一群……

2018-1-2 午

新年前夕

我只有这一朵花可以献给你
新的年,旧的年
每一个来到我生命里的
每一个退却着消失的

我只有这一朵花可以献给你
微信表情里,只有这孤零零
一朵玫瑰。它红得近乎俗气
——太多男人的情书!

太多女人的嘴唇、裙裾!
我的青春也曾迷醉于
这深浓如夜、半是用酒浆
半是用泪水调配的红色

我只有这一朵花可以献给你
一朵花就是一个花的种族
所有的花都是这同一朵玫瑰
这几乎是花的真理

我只有这一朵花可以献给你
我的手中不再
有别的花了、不再有别的选择
只有——这刺痛我手指的易凋的玫瑰

我只有这一朵花可以献给你
谁能测度命运的神秘？
假如我受到了打击，多少打击最终又化作
我俯额感激的馈赠？

一如今天、此刻
（谁能理解命运的深意？）
我只有这一朵花可以献给你
书本教给我幻想，生活教给我真实

我的国家大洲一样辽阔，同时
拥有四个季节四种气候如四个儿女
有的地方雪可埋人，有的地方烈日
鞭打马脊上蛇立的嘶嘶叫的海浪

我居住在一个灰扑扑的内陆省份
它不是我的记忆开始的地方
也不是我的世界开始的地方
没有一座海可供心灵眺望、远航

目光海鸟一样翱翔。但我有另一种
历险，同样深奥、惊险万状……
会有一天它让你忽然明白
你居住的地方就是你的命运！

我的新年不会有悠悠钟声
落向屋顶，我不是某个具体的神的敬拜者
（我的神没有宗教，不具名号）
只有鞭炮的炸裂声和它满地粉身碎骨的红碎屑

我只有这一朵花可以献给你

2017-12-24 晨

辑二

银色的鞋子

我有一双银色的鞋子
通身星星似的碎片织成
我认为它很美
正像我想象的那样
当我在橱窗里看见它
它瞬间增强了我眼睛的光芒
我多么希望,希望穿着它遇见
我的爱人

2011-2-14

孤独的来历

你十五岁。一个早晨
一个四月的早晨忽然
你成了一面镶着红边的小圆镜
只为倒映一个人的身影
那年轻老师的身影。
小水泡一样,你心里冒出很多声音
它们整日"汩汩"地说个不停
说着他一天里的琐事和姓名
你的脸总是在发烫,惧怕
掩藏不住这害羞的秘密——
你十五岁。随身携带一座花园
迷上那独处的芳香
……过了很多年,你明白了
就在那一年,爱,把孤独领来
爱又离去了,而它永远留下来

2008

疏 离

别问为什么
我不去和你坐在一起
不去和你,轻声交谈
像两片树叶那样——

像两片云朵——

或许
我这古怪的疏离恰是
那隐秘地朝向你的脚尖——

2004

因水声而明亮的夜晚

雨落下来的时候
我闭上眼睛歌唱
雨落下来的时候,我的心
低伏、歌唱着哭泣
这歌声这哭泣都不能被听见
雨落下来,为了将我爱抚。为了
在我眼睛和肌肤上布置月光
雨落下来,缠绕我的手腕
头发、肩项、乳房……

这是最洁净的时刻。
　　　这是最恬静的时刻。
我就要准备好了。
　　　我已经准备好了。
谁在门外等候?
绵绵的水。清澈的水。
一生的水声就这样流响。它一直在流响
我什么也不想说了,什么也不用讲。
水声就是我的语言。

2004

子宫：寂寞的白瓷瓶

子宫：寂寞的白瓷瓶。
你不能阻止它的幻想
　当不安的夜来临
你不能阻止它为自己
插上一簇红蔷薇——

保持你皱纹渐生的眼睛
对它的绵长的眺望（你眼睛里的
闪光）：
　哦，那山顶上的雪——
那么美丽、晶莹、明亮……

2008-1-24

长白山下

把枕头搬到床尾
那儿床单,泊满月光
在长白山下
二楼宾馆,卧看
满天白云,缓缓东移
一轮明月,圆到九分
我走过了四千里路,也许
为的正是这一刻的静谧?
忙乱如尘
很久没有看月亮了
其实,缺的是看月亮的心情
半生,我独看月亮
每一次的月亮或圆或缺
都是亘古的那一轮
唯有我心,明明暗暗,微有不同
如果它静若此刻
天上的那一个,一定
盛满了有所思
细雨初停的夜空端着明月

在浩浩荡荡的行云中，如我端着我的心
也许，我对爱情的理解
不过是一个同看月亮的人

                2012—2015

洗　手

她去卫生间洗手。
不大的卫生间，水和瓷砖的凉意。
高处的栏杆悬挂着一些晾干的衣物
她认出其中一件
上面有细细的蓝条纹

一件白色男式衬衫。
她认出那件衬衫。她鼻子里充满
穿它的那个人身上特有的
白皙、温雅的气息

她安静地注视了一会儿
（钟表的几声嘀嗒）
那件男式衬衫——
在那个安静的下午。在多年前
她面颊上攀爬着
轻微的犯禁的热度。

她安静地离开。

2010-6-3

这些日子

这些日子的眼眶
酸涩炽热，忍住
一阵阵雨的冲动——
心是一匹病马，我娇惯它

不啸、不奔跑。独自扬颈
在远望里。它在等
你牵它进入一片无人的旷野——
那儿，我和你，天空和树

我抚摸了你。我失明的手
在你的脸上缓缓
跋涉有如在没膝的雪中
噢，你的脸的可爱山峦，引导它

像月亮引导潮水
巨大、深沉的叹息——
而这一切都不为你所知。
这一切都不为你所知。永不。

2010-9-4

小说第九章

我走时你仍在身边沉睡
空了一半的被窝没有察觉
失去重量的你的手臂
也没有察觉

静悄悄的夜如此神奇
白霜在窗玻璃上呵出如花的印迹
我如此陌生地激动、轻盈
在你额上落下
郑重一吻

天快亮了日子满了
我要出发再不回来——
噢,睡吧,睡吧,我走了但会和你
再次相爱

1997–10–29

叩门声很轻

叩门声很轻。仿佛犹豫。
他站在门外
长长的走廊空无一人
背着双肩包,拉着拉杆箱
夹克衫的拉链直关闭到喉结

"我走了"
语调与表情,有一种罕见的
他自己也意识不到的
抑制着的温柔。门缝里
她睡意未消的眼

微微一睁。没有说话。只是
打开房门(带铰链的门
像被驱赶的狗)
迅疾走到他面前,拥抱
了一下。一秒钟

的身体相触后是更加迅疾的

撤离与转身
——一扇门。午后。它的
一次打开与关闭完成了
两个陌生人的相遇

与诀别（相遇？
仅仅，在此刻诀别的镜子里才得以
辨认）
她回到床上，再也睡不着
惊讶于，他突然的

离去在她心上踩出的凹痕
仿佛列车，在平稳滑行的
最后一瞬意外岔入
另一道铁轨
又随即，断崖似的终止……

2017-12-5

房间满当当

两个膝头相挨
他的嘴:瓶子里插着玫瑰。
房间满当当:书、桌子、椅子
甚至音乐
也加入进来
什么也不缺:书房、卧室、厨房
完备的家的模样。
然而有一个最重要的
未曾到场
满当当的房间仿佛
摘除了内脏

2014-4-28

江水在夜色中运载积雪

江水在夜色中运载积雪
如同一列老式火车
铁桥战栗于它不息的轰鸣

十一月的风吹着两个相拥的人影
也吹着他们头顶的半轮
明月。静默中

它似乎比三天前,更大了些。
当人影分开,在各自的岸边
被水流挟裹着消失,这个拥抱将单独

留下来,如一个又聋
又哑的弃婴。一封未写完的信。
虽然江水不再记得,明月不再记得。

2012

旧电影

浓雾中一座陌生的城
清晨五点的出站口,寒意彻骨

一个人走了过来:高高的额头
宽大的衣服,两手插兜

像从未见过似的,彼此侧脸
打量——然后,微微一笑

驱车半小时来到一栋旧房屋
门口有一株已开始落叶的法国梧桐

木头的大床吱嘎作响。书桌上
两枝百合隐隐散香

……十年后,女主人公再次观看这一幕
自一本泛黄的笔记本里(那时她正清理

覆满尘埃的杂物间。一部分将抛入垃圾箱

另一部分,将廉价卖给收废品的小贩)

她还翻到了一些诸如"我们往日那非尘世的
爱与美"、诸如"不灭的灵魂"

之类的字句……
她胃里泛起一阵轻微的辛酸、嘲谑和厌腻——

2008

我保护你的肖像

我保护你的肖像
它碎了
不止一次
再碎一次又有何妨
你看不到我的手指
被碎玻璃扎伤
你以为我的手,在某些冬天的夜晚
可以劈柴那样燃烧

你曾是我的爱人
你曾是我的凶手
你举着白色的玫瑰
靠近时,所有花茎
瞬时软垂,所有花瓣
崩溃四散,每一片花瓣都是雪、雪、雪
飞雪四溅

这不是你预期的
这也不是我预期的

我们惊惶地互看

我们又失措地别开眼

这是你的过错

这也是我的过错

这过错无言的责备,像伤心的妈妈

我练就了一门手艺

缝补破洞,锔补瓷器

把裂痕化作时间

细长、柔和的皱纹——

它可以是愁出的皱纹

也可以是笑出的皱纹

除了皱纹的主人,谁能分得清呢

我用手指的冰凉

捡拾暖色的碎片

在一堆五光十色的碎片中

不须寻找,准确地取出它们

准确地拼接

我捂着这微温

这快要死去的鸟儿的柔弱心跳

这不是你的过错

这也不是我的过错

这是你的命运在铸造你

这也是我的命运在保护我
我不是在保护你的肖像
我是在保护我十五岁
就开始学习辨识的爱，我对这个世界的想象
我是在保护我，为它所受的罪——
它们同样尊贵。

2014-4-21 夜

清 明

感谢上天
我父母俱在
当我下班
在昏暗的楼道里
摸出钥匙
一道铁门
一道木门
都很旧了,旧得像是
落有擦洗不掉的灰尘
熟悉的
门,应声而开
一道铁门
一道木门
仿佛我的父亲和母亲,衰老
但不倒,站在
我和我背后的世界之间
向我
敞开一个永远
亮着灯的房间。两颗

斑白的头颅
另一种让人安心的
旧感觉
像两盏灯
在这套三居室的房间里
如果他们不在
房间总是黑的
晚上，当我从外面回来
我的脚，从一种黑掉入
另一种黑
我回到了这个房间
却没有进入家门

            2016-8-22

爸爸的照片

我穿着花棉袄
头上扎着可笑的
朝天辫,专心致志
玩
童年,胖出酒窝的手指

爸爸在笑
爸爸抱着我
爸爸仰脸把我举向一棵开着繁花的树
爸爸把我举向春天
明亮的阳光

这印象终生不灭

爸爸的脸
多么年轻、英俊啊
阳光,一闪一闪
在爸爸的脸上笑得那么欢
爸爸就是春天?

这印象终生不灭

爸爸
是谁让你做了我的爸爸我永远的
春天?
四十年,你手掌的温度
我片刻不曾稍离

六十六岁了你
重病在身。如今
你的脸:消瘦的黄昏。
有一天它还将
消失,在一个世界末日
的日子

可是活着这世界怎么能忍受失去
你的脸?
它所有的照片都珍藏在
我心里。再没有谁能把它
偷走

2010-6-3

我们怎样说"爱"

以中国人的方式,我们不亲吻
以中国人的方式,我们不拥抱
以中国人的方式,我们不说——"爱"

以中国人的方式,我们用忧虑
以中国人的方式,我们用一日三餐、拖把抹布
以中国人的方式,我们用过度的关切
繁殖的絮叨、争执、叹息……

以及,我用我体内
某一根骨头的断裂,心脏
的阵阵挛缩,今夜,泪水的突然醒来突然
倾泻——

我已没有脆弱的权利。父亲
当你因老病而变成孩子
一个母亲的形象
正待我长成

2004

着火的纸钱

妈妈从墓地回来
笑眯眯地告诉我
她给姥姥上坟烧纸时
着火的纸钱
像突然起了一阵大风
打着漩涡
飞扑得老高
我的舅舅和小姨烧纸时
可没有这样

妈妈相信
那是姥姥在笑
那一阵大风、那个围着她飞扑的漩涡
是姥姥看到妈妈来看她
而高兴地
手舞足蹈地笑——

我的妈妈就是为了这个
回来的时候
抿着嘴儿,微笑了一路

2017-6-18 晨

猫和花记得

第一朵牡丹开了,在四月的微风中
想起,那种下牡丹并辛勤侍弄的老人
已过世快两个月了。她门前的小花圃里还时常
晃过野猫的影子:白色的,黄色的,黑色的。
它们还记得牡丹花丛下那一只木碗
碗里,从前,总有老人留给它们的饭
小区里已不再有人谈起老人那突然的离去了
(她73岁。是在一个落雪的夜
睡梦中安然离去的)
然而这些野猫和牡丹花记得。

2015–4–8

流浪猫母子

夜深了。一只幼猫的叫声
"啊""啊""啊"
这微哑的叫声在找妈妈。
四天了。母猫的声音早叫哑了
淋着雨,她低头,循着
每一棵灌木、楼房的每一道砖缝
细细嗅闻搜寻着幼猫的味道
像一道黄色的小影子
她凄惶、失魂落魄地走来走去
耳尖忽而警觉地耸起,那是幼猫叫声的细线
针一样扎进她的耳孔
"啊呜""啊呜""啊呜"
幼猫和母猫,用声带的血迹相互寻找
她们哑了的声音还在相互寻找

2013

河流和她的两个女儿

1.
在周庄
我看到河流和她的两个女儿:
小桥和小船。都长着一副很乖
很小巧的样子

2.
石头的桥,也长有耳朵

像人一样
在两边伸着

厚墩墩的
雕着莲花的石头耳朵

像人一样
听着什么——

3.
几步就能跨过去的小河道里
早上等待出发载客的船
晚上回家歇息的船
幼儿园一样的小河道里
那乖乖地，一个挨一个排着队
戴着蓝花布的旧睡帽
睡觉
的船……

2017-6-23

古书房

书房不大
可容一桌
一琴
一榻。
雕刻着梅兰的
木格窗外,有花有树
有水——
洗砚池般
不起波澜的
这一小方碧水,与几条街外的
河道
是相通的
与城外的苏杭大运河
是相通的
与遥远
看不到的海——

2015

双山岛

1.
乡间的早晨
至少二十种虫鸟的和鸣

2.
白粉蝶一样
淡紫色的花下
昨晚才长出的嫩豆角
也像蝴蝶的触须,被略略放大

3.
一阵风过
万千树木都欣然有声
最响亮的是杨树叶子的"飒飒"声——

4.
一阵风过
池塘水的舔吮声
——畜群欢快肥厚的舌头

5.
好多的蝴蝶!
金色、绿色、黑色,还有白色
它们低飞,贴着小路和草丛
它们低飞,仿佛翅膀上驮着葡萄大的露珠

好多的蝴蝶!
在我走过时,微微闪开

6.
哦,那些黑瓦屋脊
模仿池塘的鱼鳞纹
在稻田整齐的青色中
白粉墙的清新!

7.
一个农民,站在房前的稻田里
我不知他忙碌什么活计
但见一颗头颅在一片青色中,浮游

8.
为什么
在绿色、天蓝色、水的
略旧的银器的色泽中
我总有鸟类迎向晨曦啼叫的心?

2010-9-18 晨

船

船就是大海。
停下来,就是折断了翅膀的尸骸

2015-6-9 晨

海的消息

你问起海的消息
当我从四月的渔村远行归来
脸上还盖着,那里
整日无尽闪耀的
阳光的邮戳

我眯起眼睛——
它是父性的
它是母性的
它像海马一样雌雄同体并散发
强烈的海带气息

2011-8-7

惊　讶

豆角藤上的长豆角
成双成对地挂着
我笑了——
植物们也需要
和恋人脸对脸挨着

2005

鸟鸣声中

鸟鸣声中
曙色渐白
有人醒来
像微风
拂动窗帘——

2016-7-18 晨

我知道树木的快乐

我知道树木的快乐
当它冒出点点新芽,像挨在恋人耳边
忍不住的,悄悄话

当它浑身开满繁花
吸引蝴蝶、蜜蜂和吃花蜜的
小鸟,可爱的拜访

当它结出的果实把枝丫
压弯,当这浑圆的重量被采集
当它的甜美被快乐地、全部地,汲取

2011-1-30

爬山虎的脚

爬山虎的脚
一束一束
爬山虎的脚
是脚的集合

芝麻大的脚
像开屏的孔雀
在身后拖带着那么多、那么多
千百倍于身体的辎重——
90度的峭壁上,它细钢丝般
直立
柔软纤细的藤蔓。以矿井里的挖煤工
那种忍辱负重的耐心,一个
毫米、一个毫米地
它把自己拽向三楼、五楼、第九楼
它相信它能一直攀爬到月球的背部。
每一步
都是一次跨物质的强行的焊接
它的植物身体和水泥墙壁

枯萎死去后，依旧
只能砍断，不能分开

它就是这样爬上去的——

爬山虎浑身长满分枝状的脚
芝麻大的脚
有猛虎的骨骼

2015-9-15

通济湖

天刚放亮时湖面的恬静有一种圣洁
它饱食昨夜的电闪雷鸣和雨的
乳汁,在此刻的一平如镜中微呈
鸭蛋青色。没有风。山脉拢住自己的裙摆

2019-4-22

银手指的雨啊

银手指的
雨啊,你纤细微凉的指尖如何触摸
那些光秃秃的黑色枝条
它们如何重新长出嫩绿的奶牙
燕子,如何把它们的牙牙儿语
衔去做窝
池塘如何在夜里悄悄涨满,这水的乳房
又如何缀起一片片浮萍
为自己遮掩
说吧,银手指的雨啊
你如何把远山上逶迤的积雪
安放在那些孤独人儿的心中

你又如何消融……

2010-5-25

无尽的四月

四月,活着的都发出声音
鸟儿一样争先恐后
——哦,话语的彩虹。

我的眼睛不够用
我的感官不够用
我心的空间不够用

每天,你给这世界一百种新的礼物
大海缩小了
它摇动白色的狮鬃快乐地匍匐于你的泥土

2011-6-1

花朵之美

花朵之美是无言的。
它愉快地服从着自己
绽放的天性
不为了谁
也不说什么崇高的话语

2000-6-13

花儿捧出全部的身心

假如大地上没有花朵……
就没有生命的欢欣!

花朵:大地脸上的笑靥。
花朵:大地的情书。

春、夏、秋、冬
大地变换着辞藻和语气

每一朵花是一封情书
写给无人。不,写给

——天空!
花儿捧出全部的身心……

2018

花

1.

豌豆花开了,在这儿,在那儿
拢着粉白、粉紫的裙边
她的纵情也是含着的

2.

花开就开了
谢就谢了
她开的时候是笑着的
谢的时候也笑着

3.

所有的花都在笑
花苞抿着嘴儿
偷偷地笑。像小女孩
她绽放,这是
一瓣一瓣,旋开笑容的裙幅
在草地疯狂的露天舞会中……

所有的花都在笑,芳香就是笑声

4.
每一朵花是一座教堂

5.
一朵花占据我犹如这个世界
我因被占据而喜悦。我的喜悦
绽放,以它的模样
我的喜悦,仰起脸又弯下了腰——
一朵花
我同时变成它的孩子和妈妈

6.
花
用什么说话呢
所有的花嘟起嘴,从内向外,一层层
吹奏
无声之歌——因无声而获得
那些金黄、深红、雪白色的
词

而芳香,芳香,一个建筑在空气中的
游牧民族的帝国

7.

下雨了,雨把花瓣打得粉碎

花不问雨从何处来

只是微俯着脸承接

她的脸,在雨中

有着阳光下一样明亮的美

而雨在花上显得晶莹

而雨在花上也有了花的娴静

8.

我感激神

创造了花和鸟

每一个清晨

每一个黄昏

我无限地趋近

世界

这纯粹是歌颂的

天真之心

哦,有福了:我的耳朵,我的眼睛

9.

住在水边

看花

听鸟叫

不远处有山

山下,一片平整的农田
多好啊!就这样过完
月光和日光
顺序交替的一生

              2015—2017

月亮肖像

你不是别的。
仅仅是一颗心。
在远海一样的天上
你是夜晚的宇宙之心。
思慕者的心。那也是我的
心,它独自圆缺,当我长成
一个少女,一个女人——

2014

望 月

我并无词语可描摹月亮
它的脸庞就是它那折断了箭头的光芒
我很小,每当我惊觉它的到来
我在人世的委屈啊,就像找到了妈妈的小孩

2011-12-10

孤独者的月亮

孤身
不要看月
你的残缺将被照亮。那黯然,被迫
一点点显出它的辽阔

月亮
你召唤他们的软弱。总是
他们不说,他们不说
而再一次地,向你微举淡若花影的期待

月亮
他们,在他们的心上
磨你的刃

2011—4—11

月亮传说

一、孩子的月亮

第一次望见月亮
你几岁?

童年的月亮是夏夜的圆月
又大,又亮

小伙伴们在月亮底下仰脸
跟着它走,一遍遍唱

"月亮走,我也走
我和月亮手拉手。"

那时的月亮是一只
提在孩子手中的灯笼

一个孩子的眼睛不会
去寻找月亮——孩子,是完整的。

二、少女的月亮

当孩子长成少女
她的胸前
在夜里悄悄隆起
半轮月亮

少女的月亮是白色的
玉石。除非
有一双手
触动神秘的按钮:霞光

一点点透出
封印在里面的海
条纹睡衣下的海
不再平静

三、她的月亮有锯齿形的边缘

1.
一个人举头
望向月亮——

她望见自己
于旅途中的客栈
永远在寻找
一个失去的地址

2.
一看见月亮
她心里的爱
就醒了,像一只
不死的
蚕

她的月亮有虫咬的洞口
锯齿形的边缘

3.
月亮越圆
人的眉眼
越安静。因为
孤独
也会变化生长
它从
一柄镰刀
长成明月一轮

——去爱
就是去成为月亮

2017-3-1 夜

月亮三章

一看月亮就出神

我一看月亮就出神
就有心事,想独个儿
慢慢想想
这时候,我用的是月光那样的语言
没有声。也不说给任何人。
也许,只说给月亮。

我更爱看的是水里的月亮
它似乎更大、更清
一伸手就能摘下
像摘一枝荷花——
这最易碎的。也最无可损伤。

你有水吗?你有水吗?
有水你才能捉住月亮
月亮爱美。它爱照水的镜子
从来没有悲愁的样子。

准备好你的清水
月亮会来的。它会来到你的心里找你

月亮的真理

月亮圆过一次,圆过一个夜晚。
缺损就开始了,诀别也开始计时。
在月亮的家里,缺损才是主人。

月亮,我不开口的心愿

一些人千里迢迢赶回来
在每一年的这一天
乘坐飞机、高铁或轮船——
我是不需要的。我从未离开
父母膝前
但我有另一件要事
另一个亲眷,得去看看。盼着
天黑下来,早早站在阳台上或走到户外
在楼底的无花果树下安静地仰脸:月亮。
——月亮就如同,我那不开口的心愿。
有时她白皙饱满,像完成的心愿。
有时她沉没于雾霾,像破灭的心愿。

2015-9-15

诗人的椅子

诗人的椅子
是卧室里孤零零的那一只
面向敞开的窗口。窗外是夜晚
一棵高大、黝黑、不辨其名的树木

诗人,是那茂密枝叶间
隐去身形的小鸟
它在清晨的欢鸣,好似一阵寂寞的自语
世人偶尔听到

2014

海棠花
——致杭州女诗人胡澄

苏堤上
两树海棠花紧挨在一起
一树白。一树红。

我想起我和我的女友

我是红色的
然而有时开白色花
我的女友是白色的
然而她对着我开红色花

2014-4-10 下午

一棵树的骨骼
——致女诗人沈木槿

夜里,一棵树的骨骼
空鸟窝一样
倒伏在地
它的血肉被啄尽。那么
干净,那么白的一根根
脆而硬。仿佛
执意用雪
熔铸——
它倒下去的时候没有声音
它倒下去仿佛
鸟儿把沉重的肉身掷回
天空。

2015-1-2 晨

在沉默中
——给女诗人杜涯

现在我慢慢靠近你的背影。
你多年前的话,我已一点点领会。
我学会了哭泣(当然,只在没人的地方)
我信任它,如同母亲的膝头
因为哭泣就是吐露委屈的盐。
写作也如此,舍此我们从不
诉说。而你远比我更早
在惊涛骇浪中学会了沉默

2006

一首诗有它的命运
——致韩国女诗人金银呈

1.
一首诗。

一首诗有它的夜晚。
一首诗有它发生的时辰。
一首诗有它的际遇、历险
如奥德修斯,一首诗有它的命运。

2.
一首诗。

一首诗是孤独的。

在人群中
一首诗总在
寻找着什么(它寻找而不自知)就像一只
毛发蓬乱的流浪狗

狗的眼睛,是炽热的。

3.
一首诗。
一首汉语诗
漂洋过海,我没想到它
在异国
一个叫平昌的地方遇到一位
黑色披风、黑色礼帽的女诗人

当一首诗遇到
一个人。或者,当一个人遇到
一首诗,会发生什么?

我听不懂你的韩语。但
有何关系?当你说
它对你有治疗作用
你在严肃的、三国诗人聚集的会场
站起来朗诵这首诗

当你朗诵时,我感到
是你,而不是我,才是它的真正作者

我听不懂你的韩语。但
有何关系?心的声音不需要翻译。

这是泪水的认亲!
泪水原来也有亲戚!

4.
诗是什么?
诗是一颗心的独自历险

诗是什么?
诗是一条
写作者发掘的秘密通道
有时,他会在那里遇见
另一个人

2017-11-27

枪毙诗人

"1921年,八月末或者九月初
古米廖夫被枪毙
莫斯科出现了阿赫玛托娃自杀的传闻"

第270页。她差点笑出了声
——怎样的谵妄!
　怎样的卑怯!

他们枪毙一个诗人?
不!
他们在枪毙一朵云!

——高高天空中的。
　和人们头脑中的。

2017-12-14 夜

心的逃亡

写作,是一种逃亡。
发生在内心世界。在内心的沼泽。
它是心的逃亡。孤零零
不便言传地进行。
被那半是
你自己制造的,猎枪和陷阱。
她是猎枪,也是猎物。
那包头巾的男人,只露一双黑洞洞的眼珠
从睫毛的箭镞下,审视
天平的秤盘

他也加入了(这个身份贵重的要犯)
围猎的合谋——

哦,你的心啊,你的心啊,永远是你生活的异乡人!

2015-9-15

写作,延伸了孤独——

1.
我写,是为了达到内心的平静。
一次次,我似乎得到了又失去
慢慢明白,这些字,一些
　爱或是哭泣
写,是弱者的方式。

或许
我能制造一片绿荫,抵挡
孤独耀眼的侵蚀?
我写,是为了歇一会儿——

而当我已惯于以此种方式
与世界相处
多奇怪呵,我看到那条暗暗扩展的裂缝
海水,涌上来将我和他们的陆地隔开

2.
假如你在白纸上写下"夜",需要

你经历的无数个夜晚,需要
那里面某个将你深深
震撼的细节——
你在白纸上写下——"夜"
是为了怀念或忘却。
你在白纸上写下
"夜",而或许并没有浪费这张纸
这一阵,试图言说的情绪,要到
你目睹了足够的夜晚
要到,你把哭泣转变成哽咽
把歌声,化为柔情的凝视——
你在白纸上写下"夜",并不指望谁来听
这个字里的如此多色彩。

2001

辑三

死亡随想(组诗节选)

1.
为什么
死的列车常常在黄昏
开来?

2.
我要看看死亡
有多少张面孔——

我要看看哪一张
能让我惊恐——

3.
阳光照雪山——
莽莽喜马拉雅山
平静的喜马拉雅山

6.
死是倦怠。

死更是热情。

7.
我们认不出,他们额头上的灰

那些秘密的死者
就平静地走动在我们中间
很可能,比我们笑得还灿烂

8.
我们猜测死亡
我们嗅,我们比画它的形状
我们伸手指点它的面庞
"看,这就是死亡——"

而死者缄口
如畏惧,信守一个神秘、古老的约定。

死:是最深的秘密。

9.
不要议论他人之死,作为
对死亡
和那承受了死亡的死者的敬意

他独自研读了这部大书
登高览胜
而我们才远远窥见那云雾缭绕的山顶

10.
不懂得生
才试图研究死

不善于生
才在死亡中躲藏

12.
某物囚我,如茧中之蛾
我用"死亡"的钉子在墙上打洞
得呼吸而存活。

13.
别的人临摹你
用睡眠。
我用
——吻。

16.
我让我的心昏睡——

那些善于冬眠的将能活到下一个春天。

17.
我每回想茨维塔耶娃之死
我就同样死亡一次——

心灵的每一次哭泣都是死亡

18.
当我
像黎明前的弯月躬身隐退
我希望，不必再次奉命登临这人世的剧场

19.
你并未向我全部开放
在你神秘的梯级上
我仅仅是来到了
那第一级——

20.
我常常乘坐这样的列车
孤身一人，去往某地旅行
观赏
那不为人知的万千风景

我常常这样隐形

旅行，在我年轻的时候

我带着它的回忆归来

每一次归来都获得了休憩

2003–10–10 风雨夜

绝　句（组诗）

1. 所有音符都是含泪的

所有音符都是含泪的

这就是为什么，我怕听音乐——

我不去听

体内的，那条河……

2. 茧

从十七岁，到四十岁

一个女人的最好年华被封闭在一只茧里

她蜷曲着生长——

她将僵硬在这个姿势上

3. 有人是旅舍

有人是旅舍

有人是家

有人让你想回去

有人让你，想离开

4. 凶年

窗玻璃在渐变的蓝色中旅行

梧桐、鸟鸣、可爱的清晨——

她躺着,一具新尸体的安宁。

她房间的门,灰尘躬身,练习书法。

5. 新年在药香中开始

新年在药香中开始

厨房多么神圣!但愿

这些植物是我的钟声

帮我告别——昨日的愚行、阴影

6. 小径上的脚印

我才知道我的心,原来

是一条僻静又任性的小径

上面只落有一双脚印。很大

也许——至少,四十四码?

7. 遗　言

我没有什么可奉献这世界的

除了我的感情

我没有什么可留给这世界的

除了一丝体温

8. 回　答

我对爱关闭了门扉

但留下一扇窗子——隔着

玻璃我凝望

那遥远不定的星辉

9. 不再旅行的旅行箱

一个人被他工作的劳碌囚禁仿佛

无桅的船只搁浅在陆地,不再

旅行的旅行箱闲置在柜顶

成为,无所事事的猫躺卧的床

10. 秋天的信

秋天

用大叶杨率先变黄的叶子

给我写信：死亡

是枯萎。也可以是最灿烂的淬炼。

11. 阵　风

风向南吹

风向北吹

树枝在风中摇晃了一会儿

根,是不动的

12. 拜杜甫墓

两棵松树竖起一方

夜色的墓碑

鸟鸣，镌刻着你的名字——

不在云上，也不在石头上

13. 读一位诗人

给愤怒戴上剑鞘

给骨头以竹子的韧性

给失踪的泪水建一座墓碑，用夜晚

整座大海熬制的砖盐

14. 早　晨

一大早，黄牛妈妈和它的小牛犊

在山坡露湿的红土路上哞叫着走

牵牛的老人，肩上扛着一把犁

哦，劳作的又一天。他们上工去——

15. 鹳　鸟

鹳鸟来过，又走了

没有为我带来婴儿

空空的，怀中

乳房里涨痛着一座大海

16. 让我长成雪吧
让我长成雪吧

在我是霜的时候。如果我不能

请允许我消失

在一个悄无声息的夜里

17. 蜂蜜中的蜜蜂尸体
我喝蜂蜜

喝出蜜蜂的半个尸体

我读诗，常常

读出诗人灵魂的碎裂

18. 少量的字词
我希望我的灵魂

只有少量的字和词

就像苏堤上那六座石拱桥

连接起六千米长花木翳翳的静默

1998—2018

她(组诗)

1. 十五岁
端坐在夜的礁石上
从深海浮出的人鱼
第一次,她看见远处
比天狼星更亮,黑琉璃上静静滑过
高大船舶的灯火

从深海浮出的人鱼
知道什么呢?
啊,奇异陆地的奇异人类……
她的湛蓝幻想,像鸥鸟拍翅追随
那船舶傲然开屏的尾迹

2. 植物性夜晚
她生而为女人。她知道
但很少恋爱的身体意识不到
她的夜晚很少有性
她的夜晚,像老人或幼童或
树叶一样没有性别

3. 手与月光的谈话

在夜里
有时,她会把手
轻轻放在乳房上
那儿肌肤的柔嫩与白皙
有如珍藏的月光
她一个人睡在床上。
她总是一个人睡着。
她的月光很少展露。偶尔
在她恋爱的时候,当她的爱人睡在身边
她喜欢牵起那只骨骼宽大的手
把它带往自己的乳房。这爱的
器官禽鸟一样微微地翕动;这爱的
丰盈的器官还在满月一样慢慢地胀大
它在期盼,它在等——那手
伞一样张开。那手
帐篷一样,捂着她的月光
用它的温柔体会那月光
哦,手与月光悄悄地谈话……
但不是为了唤起情欲,而是为了抚慰
爱的久远的渴意——她肌肤里那一颗
永远
敏感、不安的心。

4. 星象说
蓟根草和苦艾
守护的心啊,不知何时我习惯了,从你的
想哭,辨认
爱之来临

穿着雪的靴子,它来临
而再一次地
冥王星那亿万年前的光芒,幽蓝
笔直——

"我很乖
在你炽热的
水床上。"

5. 她
她老了。乳晕也小了

还没有充分地绽开
还没有加深它的羞色
还没有向婴儿的嘴,倾注过

爱,那无力完成的
爱——

没有水手耕种的海

6. 心不动了
动心是多么难啊
就像坏掉的钟表——
即使你决意放纵自己,像那些一贯放纵的女人
沉溺于和某个男人搂在一起
满足爱欲,或性欲
也很难有这样的男人了

7. 四十岁
四十岁
你该把家搬一搬
没必要带着那些粗笨暗沉的旧家具,灰扑扑的
男人、情感之累
墙壁再次刷白
窗子开大些、再大一些
书柜可以小了
在一个有树有水的地方
空气。阳光。旅行鞋。

2011

空贝壳之夜(组诗)

灰尘筑巢的地方

灰尘
也选择人家
像秃鹫
它不会随随便便落下

总在
打盹的灰尘
比秃鹫更早看到
厌世者内在的死亡——

顺　从

命运的鞭子,我顺从你
像那些吃草的羊
顺从牧人的鞭子
草,顺从季节的鞭子

我顺从,全无反抗——

（顺从，有时是最大的蔑视）

软　弱
人之中我爱那软弱的
他们的心佝偻着
一个被救的希望，像攥紧一块
灰尘很厚的旧布
我的痛楚认出——这些族人

那些阔步而来昂首而去的
离我很远——
他们是悬得高高的发光体
不需要我的手
这微小、可疑的温暖

为泪塑像
如果可能，泪水啊，我要为你塑尊像
不是用冷冰冰的昂贵大理石
而是温厚简朴的木质
我要把你做成一柄小小的桨的形状
挂在那些无可安慰者的脖子上，紧贴
他们一息尚存的胸膛——
你的抚摸有着神奇的力量。
由于你的陪伴，他们渡过了重重惊险的海洋——
在一个有雾的冬天清晨

疲乏而平安地踏在坚实的陆地上

空贝壳之夜
我的肉体已走到凋零的边缘
我将离男人的爱慕更远。渐渐
抵达人生的荒漠地带
更浩瀚而更无言——

比之我年轻时那些空旷、洁净的夜晚
（我独自蜷在空贝壳中，听海）
我更渴望一个真实肉体的温暖
人体的温度。
　　啊，我抱着他
这大海的波澜之中的一截浮木

2007—2011

我的生命（组诗）

我的生命
啊，更响
更紧了！岁月的铿锵。一再
提速的铁轨

你不再年轻——白发
在镜中闪耀。这冷下来的
灰，并不意味着懂得更多

生命像一节孤零零被遗弃的车厢，停在
某个久已废用的小站
带着它全部的空洞，在每一扇窗前张望

空　杯
我没有什么可给你的
我手掌的温度
你早已全部拿走

可是还不够——

你积攒的冰块,足够建一幢房屋
住在里面像国王一样

砍下我的手也没用
杯子空了。多么不情愿地——
这你未注入的,空了

生活, 你养育我

生活, 你养育我
用,泥土那样
又黑又聋又哑的
仿佛我是吃泥土的蚯蚓

我知道我还没活过
只是在昏睡中,朝
阳光世界探出
一枚,叶芽的脚尖

在秋风中,萎黄了
——这就是我生命的故事。

沉默所言

1.
我所应该做的是像鼹鼠那样
挖洞

继续挖下去

在我的匮乏中将涌出更多的泉水
把我从地底送上茎端
最小的叶子

2.
我是没有嘴的。
我习惯了静默,像石像的耳朵
当悲哀的马蜂在我心里做窝

更长久地待在那儿吧——
在你的毒刺中让我的疼痛酿出
纯度更高的蜜

灯

我早已知悉
在我全部的生活中,唯有我的心是灯

额头,奇怪地
集中了所有皱纹。它们被扣押
作为一份,多年后的供状

这羞耻的标记——
学习,为你自己接骨吧

软弱啊,你将遍寻不到
一根树干,攀缘停靠

冬天温暖的一瞥
这足够温暖我了
石灰色的冬天——

隔着锈迹斑斑的铁栅
你看,那矮小的灌木丛里
野猫正卧在落叶
温柔的金褐色上休息

没有雪的拜访。
蜡梅在干枝上开花
它决意一路开下去

收集泪水
收集泪水,一颗颗
不要遗漏
那不曾流出的是更重的

称量一下
你生命的重量
你将得出你畏惧的
死亡的重量

别怕,在你的身体这一只
量杯里
二者奇妙的背反
将会给你平衡,它公正无欺

2011—2015

黑夜的色彩（组诗）

一个人的月亮

他邀请我去他的工作室看看
我们已在江边的茶座喝完一壶
碧螺春
谈了些什么，我已忘记。但
我曾经忍住的一阵泪涌，在那晚
无人察觉的黑暗中
不坠落、也不陨灭——
它已化作我生命中的一轮圆月。
这是
我一个人的月亮。没有
任何人能看见。甚至你也不能
分享它温柔又悲哀的照耀

手在另一只手里冒险旅行

那是八月的最后一天
风从对岸游来，越过开阔的江面
沿岸高大黢黑的树木簇拥一条
曲曲弯弯的小路

他的手
第一次触碰
并捕捉到了
我的手
轻轻一抖
我没有挣脱
手在另一只手里冒险旅行
向一个强力的灵魂我交出
封藏已久
我灵魂的航海图

我在房间里等你

我在房间里等你
看你看过的书。日影
蝴蝶般
掠过我微拢的足尖和裙摆

我在房间里等你
从清晨到傍晚
就好像从前
我出发去远方

许多个你

有许多个你
收藏在我视网膜的暗格里

无人时,我一格一格打开
像检点首饰盒里的珠宝
蜜蜡、青金、松石
戒指、项链、手镯……
当雕着花的铜扣
"咔哒"一声打开
星光熠熠的回忆,我进入了
一个幽黑又奇丽的海底

有许多个你
陪伴我的日与夜
你从来没有见过。当我
独自出神
目光悠长缥缈
嘴角,微微上翘——
那是,有一个你
正沿着这条熟悉的小径
回来

你突然向我掷来一句粗话
你突然向我掷来一句粗话
它的火柴头"兹"地一下
划过我的肌肤
那隐秘的硝烟味令我兴奋

就像你纵身跃上一匹野马
你突然向我掷来一句粗话
一句粗话让一个蔑视情话的男人
多么爷们！就像他胯下驱驰着一匹野马

缠

鸟叫声轻微
有人叮叮当当做木匠活
在她身上。将他的软弱楔入她
像把匕首刺向仇敌

这是异地
小旅馆的早晨，黑色树丫缠着雾缕。离别
的决意
缠着她，缠着她

囚　禁

我们突然跌入一条隧道
两年，找不到出口
手像电线被剪断。手
失去手的行踪——
我不大声呼喊你。喊声
像哭声一样被禁止！
我发育出另一种视力，有如
永夜般的深海里

那些长相吓人的怪鱼
真的，我随时都能看见你
你从未
离开。你被我囚禁，就在我的这两只
以沉默封缄的眼珠里——

寄到梦里的信
"我在计划一次旅行
两个人的。"
你把这句话写在信封上
老式的、淡黄色牛皮纸信封
打开，里面是空的，什么也没有。
你把它准确地投递到了
我梦里。隔着
一条浮动着冰凌的大江，两个
山重水复的省份（你难道不知
做梦是我的稀罕事？）
而我的指尖，多奇怪啊，真的触摸到了
那些字

……三天了，你的头像掉下去
掉下去
像一艘沉船而我决意不再打捞。

我和你们共用的不是一个词
我看到我的心是一场相持不下的
拔河比赛的绳子,红色的结
痛苦地左右游移

哦你。你。亲我的嘴。
爱是夜间出没的动物
那么难以捉摸吗?

铁钎敲击绝望的黑煤石
凿出
我的眼珠:两个深坑。

我不意外。
我和你们共用的不是
一个词。

他手臂晒得黝黑
他手臂晒得黝黑。唯手表
边缘,透露一线微白
这一线微白是他皮肤的本色
显得有些苍白。就像
你从门缝里窥见的
他的脆弱,他耻于示人

你还是
心悸了一下。两天了,意识到
这冰结的心的悸动让你想哭
但泪水
如一匹力竭的马倒在中途——

裂　屏
一只黑猫把我的手机屏
摔出一道冰凌似的泪痕,不像
那些死过的心
不立墓碑,也不留裂纹

死过的心还会再死
就像墓草年年返青

2016

秋天叙事(组诗)

第一章:我们一起共度的夜晚

1. 手
你的手变小了吗?
看啊,我双乳如何在膨胀
满鼓欲望的风帆
黑夜如大海之无涯
急切地,它要到你的手中靠岸

2. 女人在夜间的哭泣
女人在夜间的哭泣:
齿缝间逃逸的声音在酿蜜

它攀升的梯子是狂风中的一缕烟
男人啊,在你的胯间驱策

这烟的马匹。生命
从自己的肉体里,触到了蛋壳中唧唧

欢鸣的幼禽

它的温热，用岩石凿成。

3. 我们一起共度的夜晚
我的身体，我习惯于卷起它，像一幅写满字的卷轴
有时我一览无遗，徐徐展开

我们一起共度的夜晚
没有玫瑰与红酒

一间房子。很大的落地窗户，开向绿色的树
一张白色的床。枕边

放有几本书。你拿来的书上
有时堆放我凌乱的内衣

你脱下它。我的身体对你没有秘密
我的心也乐于如此。

另一些夜晚，我的身体是一张白幕布
放映你的爱抚。我独自观看

4. 最冷的日子
那是……冬天最冷的日子。

夜晚早早占领天空
恋人们不再出门
在城市的树影下游荡
我们吃过晚饭,沿江边步行
回来,洗漱后干净的身体
坐进被窝。碎花
棉被上各自摊开,一本书——
在床头,肩膀与肩膀相挨
脚与脚,被子下相碰。
我的脚在笑,不出声地
笑。这暖不热的小兽,四处
逡巡噬咬着,你双脚的温度

5. 摇　动

我察觉到它,又一次
被摇动——
每一片叶子耸立
像拱起脊背的猫

住在我左边胸腔里
它怦怦的跳动却不属于我
它的伤心、生气、喜悦、嫉妒
却不属于我

有人打墙外走过

吹着轻快的口哨,又一次

我的伤心、嫉妒,瘸着腿像

一只狗,跟着他去了

6. 声音的会面

两小时飞机

九小时火车

三天长途汽车

是我们之间身体的距离

每晚,我们用声音会面仿佛

桃心虫在果肉里酣眠——

声音里有什么?一双爱抚的手

声音里有什么?一间夜空的幽室

不要让烦扰侵袭。对我而言

你的声音,它整个儿就是感情

不要让它凝结成湖面的薄冰

我的靠近是滑冰的孩子

我的畏怯有瞪羚的敏感

请动用你身上,每一缕

阳光和月光,织成你声音的两个翅膀

它飞过了几千里的黑暗

将把你重新带回我的枕边

7. 最硬的石头

最硬的石头是泪水

被淬炼。无色,无味。
你把它镶嵌在我左手的无名指
一缕微痛。指骨在经过时曾试图阻止
这我接受的错误
里面熠熠迸射的刺状星光

我的记忆将珍藏
那间屋子,它房门的形状
我听过的谈话,亲过我的嘴唇
床前的落地玻璃窗,窗外的石阶、菜园
丝瓜架上的朵朵黄花
麻雀。鸡鸣。

此刻我正坐在这扇窗前——

8. 这间房子里

这间房子里
我安顿我的记忆
我安顿你
你生命的一些日子

于是,一切都变了
不再是我在这间房子里等你
而是你,永居于这间房子里
等待我来看你

借此，我取消离别

当它发生，如桥梁崩塌

你也依旧在那里

在那间房子里，和我一起

第二章：离别序曲

1. 五月走到了尽头

五月走到了尽头。

然而栀子花向我伸出

第一朵苞蕾：这世界依旧有你

可期待的……

2. 离别经常在我心里发生

离别经常在我心里发生

而我未能把它完成——

我没有鳍的脚，被悲哀钉在原地

3. 羡　慕

我羡慕花草树木，羡慕石头。

我空有这一颗心，它不是我的。

4. 乏力是一根弹弓的皮筋

乏力是一根弹弓的皮筋

射出的石子又快又准
他的左心右心
住满不能迁移的居民

你砍下一只手臂
没有血迹。所有流离的血粒
倒转,仿佛流浪儿
蜷缩入四面漏风的桥洞

你吞咽的词语,一个个
都有冻结的外表
像肉铺的钩子
挂在无风的声带上

5. 空秋千垂挂在院子里

空秋千垂挂在院子里
一动不动。无人
使它显得沉重——
我的心也如此,它飞
不起来,当没有爱来乘坐

6. 爱,如花之绽开

爱,如花之绽开
她不知一生能开几次
而每一朵花都是唯一的——

唯一的花呀，唯一的花呀
让我小心护好你的花瓣
让凋谢来得晚一点
再晚一点

7. 请记住
如果有什么是我想要的
就是这个：请成为我的回忆。
而我的记忆乐于一再回去，我那白鹤般的记忆

8. 我习惯了它的痛楚
我习惯了它的痛楚
这一次，又目睹它的吮吸
它的长刺，征用了我另一个指尖

告别已经开始。它很快将完成
铁轨上必胜的旅程
没有山高水远，没有惊险

9. 月光的薄刃
火车奔驰于夜间的大地
它路过一个个陌生的地名
我正走在一条与你全然不同的路上
到来与告别如此之近。近得恰似一片
铁轨上碾过的

月光的薄刃

第三章：封起的门

1. 门
那儿
黑暗中有一扇门
我不愿打开
我召唤灰尘
把门封起来
以免我想起我失去的
以免，我想起那离我而去的

封起的门
把膏药贴在心口上

2. 风　铃
旅行归来
你带给我一串玻璃风铃
你爱听风铃的童音和风吵嘴的声音
你一定不知道那个风铃招鬼的传说
我是不会把它挂在我窗前的
我羞于承认
天一黑我胆子就小
那些我害怕的，仿佛就要显出形来

3. 没有什么可遗忘的

我记得的不多。

我们相见得更少。

我和你,不是一个男人和一个女人

我和你,是两个声音在恋爱——

断电了。你的燃料不够用。

很快,我也将找不到不让余火熄灭的法子了

4. 我请求眼泪

啊,不要再围着我打转了好像

傍晚鸟雀围着山林

我一直在忍,一直在忍,出于自尊

我请求眼泪——勒转你的马头,卸下马蹄铁!

5. 我在这里

分开以后我才察觉

我的燃料还没有用完。

我在这里。我陪着它,这个小小的火堆。

它烧着自己。它的火焰

菊花形。

我在这里。我陪着它像独自上坟。

一个婴儿的坟。

我陪着它,慢慢

把自己烧成干净的灰。不需风吹。

6. 拼月亮

那是单独的半个月亮

我们各自的那半个月亮

它们的缺口

不一样

拼在一起也合不成

一个完整的月亮

那软弱地抱在一起的

是我们所剩的

半个月亮

它们那隐身在暗中的缺失

不退让，顶着各自的犄角如一截

残肢——

7. 玛尼堆

想起那年我旅行至藏地

看见草原上那些随处堆放的玛尼堆

（有如大海上的船舶）

每一个分开的日子都是这样的一块石头

石头的这一面刻着"我想忘记"

另一面刻着"不，我还爱你"

这一切都不再跟你有关了

我堆起我的玛尼堆

敬拜的是我自己的爱情
我爱我的心，当它为爱所充盈
——这几乎就是幸福了。几乎等同于
我理解中的幸福。

8. 什么创造了我

想起你使我悲伤
我不能停止这悲伤
正是这悲伤，使我找回了
那我以为已丢失了的：我的心
因你而疼痛的能力——
从这疼痛里，比什么都清晰
我辨认出那依旧没有被破坏殆尽的
爱你的能力
就像从一大群黑羊里
挑出混杂其间的白羊
是什么创造了我？
——爱。疼痛。悲伤。
疼痛是爱的神经。疼痛是爱的镜子。
悲伤是爱的，洁白、洁白的寿衣。
哦，就是，这个。

9. 山峦在秋天是最美的

山峦在秋天是最美的
树木变换出众多的色彩

我注目一株槭树最早的一枝红叶
我看着
而虑及冬天
已离此不远

曾经有一个冬天,不久之前
你藏身在你的声音里
每晚,像一阵雪花
推门而入,在我左耳
如下班回家

我们就这样相见了
整整一个冬天

那个冬天,我察觉到一种全新的语气
一种我从未有过的语气
当我和你说话时——
这语气改变了我,有如
微雨后的山岚改变了山

首先出现的是它,你的声音
如果我想你
像一匹马,马蹄哒哒
接着,才是你的脸庞、眼睛鼻子的形状
在它身后拖带的车厢里,渐明渐显

那个冬天，轻摇起我低低的笑声

曾堆满我左耳的谷物
被谁搬运一空呢？颗粒不剩。
仓房怔忪于这骤来的、满腹空旷
幽暗中
一些灰尘，一种陈迹

……在这个世界上我失去了
你的消息

2010—2015

无需命名的诗（组诗节选）

那毁灭了我的事物
满腔痛苦已超过哭泣的强度
所有语言敬畏地保持缄默

多么耐心的
看不见的火焰慢慢焚烧着我，并引以为豪……

那毁灭了我的事物，是我血肉的一部分
从我体内生出

那毁灭了我的事物，我的造就者
我向你献上情人的爱慕

我寻求一种不惊动任何人的离去
我寻求一种不惊动任何人的离去
我寻求一种含着微笑回忆的睡眠
散发出清洁棉布晒后的芳香
我寻求一种静美的死、如归的死

没有血腥气息与恐怖感

找到它我多么放心
仿佛噩梦中的病孩子找到母亲的手,在夜里——
我痛苦的路虽然还很漫长
但我已看到了家在哪里
我随时可以加速回去

美丽、冷静地闪耀
我的两只手上
依然遍布两月前的针眼

我曾有过梵·高式的头痛,渴望
子弹穿过头颅
我曾轻盈如一张白纸、一个幽灵
能稳稳悬浮于半空——
那些日子,我惊讶于
人在地球上也会失重当你
衰弱,当病如一种幻觉一种
气,注满你的身躯

我曾被药养育,瓶中澄澈透明的液体
如同被爱情、被痛苦
也被虚无——
我曾想招来死亡如同

死亡招来永恒的夜晚,夜晚招来星光
我曾看着自己轰然倒塌
无数玻璃的碎屑
在阳光下的土地
美丽、冷静地闪耀

我需要出去看看星星
我厌倦了说话。
我厌倦了辩白。

我需要出去看看星星
我需要在一无遮挡的
天空下,待一会儿
让风把清新的生命
吹到我脸上
让风把神圣的安宁,吹入我胸中
那痛苦中孕育成熟的美
有着疲惫的神情

哦,不要把我和你隔开——
美如清晨的你
是我心里的声音
美如清晨的你
是我灵魂的安慰

宝石那样神秘

当我终于得以站上
河的对岸,面色安然
我将激起怎样纷纭的议论
如那激惹了蜂群的春天
自以为是的人们,而不让我现在就加以嘲笑
不动声色地,预先就嘲笑?

自杀是一种私奔。死
宝石那样神秘——我要守口如瓶
如同为伟大者避讳

看我怎样佩戴浑身伤口

我渴望恋爱
但又无人可以相爱
我喜欢崇拜男人
又没有男人能让我崇拜

(啊生活不在这里。生活在别处——
那看不见的事物、想象之物
我的灵魂凝望
远方的事物……)

真糟糕!我的青春就这样,坐在角落里
幻想着——头发渐白

真糟糕！我的孤独就这样，拒绝着
像一头野兽——无人可以拥抱

出来，躲在暗处的眼睛
（再没有什么比你们，更充满热情）
看我怎样佩戴浑身伤口
仿佛穿着一件名贵的、亮光闪闪的夜礼服
来到你们中间，和你们一起跳舞

极　限

像一朵花开到最灿烂
我已攀升至痛苦的峰巅

我已看到喜马拉雅
那冰山上的雪莲

写下了这么多死亡

我大面积种植死亡，用我违禁的诗行
我如此不停地说出，像一个威胁
它那不可轻易说出的名字
也许，正是为了将它的魔力解除
正是为了将它，从我体内倾泻

1999

暗语：与保罗·策兰（组诗）

暗　语
我仅仅是暗了下来
我还未能成为
黑暗——

保罗·策兰：
死者们才懂的语言。
（秘密，就是这样形成的——）

我还未完成我的雪
谁用你的脸，微笑
向我？

在夜里
我们的手轻轻触到了一起，月白色的
树枝
在夜里——

花园里的门

是敞开的
我看到了,我一直看着
但我还未能获准——

也许,我在此地的耽留还要
很多年
还要等,那几笔
最后的重彩

我才能完成我的雪。

从我飞离的白蝴蝶
我不忙于追赶
那只,从我飞离的白蝴蝶

呵,让我慢慢
把分内的事做完——

它会
在那儿,那我们汇合处

安安静静
等我。

回　去

你从水里回去
回到，万物自己发亮的深海
在光不能进入的深海
你，是一个快活的小男孩

这是
我们唯一不被剥夺的：
消失的甜蜜。
（我有我的方式）

至于
那死后仍继续的
痛苦——
哦，我们暂且不去，考虑

那是我们自己的光
我们俯看
它那
　　油菜花般灿然的美丽
——不再遥望了。啊，不再遥望
它已移居

到我们肉体里——像纸窗外的晨曦，几乎
要从那儿发出光来

几乎,我们要成为
夏夜里闪闪的流萤(低飞的
星——)

呵,柔和的光。无邪的光。
我们自己的
小小的光。
(让我们——藏住它)

我们拽着它
这就是为什么
我们和它渐渐长在了一起,骨肉难离
我们拽着它。

当
浑身的骨头被强行
折断
我们拽着它。

当
我们必须
把命定的路走完
我们拽着它。

我们拽着它……而在某一天它终将

变成蝴蝶那样的翅翼
载着我们翩然飞离

在你死以前
用什么缀连
骨头的根根碎裂?
那些平坦的眼睛看不出

保罗·策兰
在你死以前
你已死去多年

口　令
不同的路途来到这里
同一个口令,使我们相认
别再用它探问
别人,让他们如风
过境

恶是最大的学问家
总有一天
我们必得
在狭路上与它直直
碰面

它就喜欢
这样,让我们傻子般
张嘴
惊讶
并一再突破惊讶的界限

别慌,别乱
让我们快去向它请教
——这个世上最大的学问家
那闻所未闻的
奥妙

该是我们
被启蒙的时候了——

恶,你那绚丽的奇观呀
经由
那吸干了我们体温的
哪一种事物哪一张脸,你骤然向我亮出你的
焰火漫天?

这不是
 我的眼睛所能目睹的光呀
它烧着了我的睫毛我的头发——

多神秘!多绚丽!
我含着泪水仰望的
奇观呀——我在人世的顿悟,我在人世的死亡

"给语言以阴影?"

1.
给语言
撑把
伞
——黑暗如此耀眼。

2.
黑暗如此耀眼
语言如蜡
支离破碎融化

只好
哑巴那样
说话

遍地霜迹

遍地霜迹是你的语言
把它献给深不可测的黑暗

(遍地霜迹,带我来到你面前

听到，你和黑暗在交谈——）

那里，语言不再是语言
黑暗，也不只是黑暗

带我们回来的那双鞋
那里，在家门口我们将脱下
带我们回来的那双
不合脚的鞋
（我们的脚，流血起泡了——）
端端正正，把它摆放在台阶下

2003-12-16 夜

黑　黑（组诗）
——为小狗黑黑和属狗的小姑娘桐桐而作

1. 你在房间里走动

你在房间里
啪嗒啪嗒走动，像一匹小马
灰色大理石地板
变成野花盛开的草原
我也来到了草原上
我像野花一样单纯

你在我心中走动
有如晨风，吹去皱褶里的忧烦
我舒展开自己——
像天蓝色的丝绸，眉毛
或彩虹的弧

2. 我抱你的时候

我抱你的时候
你，孩子一样把头靠在我胸前
你把你生命的重量靠在那儿
你把你的信任，靠在那儿

3. 孩子们

孩子们，那些小学生们
那些像你一样精力无穷的
小男孩，当他们从你身边跑过
有如一阵喧哗的急雨——
你是怎样激动，像被溅起的浮尘
被溅起的涟漪（一圈圈迅速扩展
到你心灵的最边缘，在那儿久久
激荡、流连）
你怎样恋恋不舍地追望，怎样
默默恳求："和我玩一会儿吧
小伙伴们——"
你就像他们中的一个，被摒除在外
因为小小的过失，伤心和羡慕

4. 飞　鸟

你和孩子们有同样的灵魂
和飞鸟。当它们
从空中招呼你：
"黑黑，你好！"
急刹车般，你停止玩耍或奔跑
仰起脸——什么也不能把你的视线
拉弯，无论风还是时间
就这样，你的心和它们

一起，在那蓝蓝的天上
（小精灵们的花园）
越飞，越远——

5. 小萝卜头 *

小萝卜头的妈妈，"胖得像小母牛"
（一如某人所说）
不操心的小母牛，热爱零食和麻将
所以小萝卜头，仿佛永远也不长大

"谁高谁当哥哥！"小萝卜头
和黑黑，背靠背
当它人一样直立，两手
在胸前弯曲，踮起脚尖

小萝卜头（真意外！）赢了，五岁
比一岁，高出五厘米
然而他追着黑黑——喊
"小黑得（哥）！小黑得（哥）！"

6. 红灯笼

惊恐：当某人在你对面的窗口
挂起——红灯笼，这又红又圆又亮的怪物

---

* 小萝卜头是一个五岁男孩的名字。另，黑黑其实是雌性。

（独眼怪兽的巨眼）瞬间

爹开你背上的毛就像撑开

一把伞——斜斜地、撑开一半的伞

（犹豫的伞）

另一半，为你的自尊勉力收拢

7. 沉　思

你歪着你的黑脑袋，沉思和纳闷时

你用这个姿势

思索，认真地——

几乎可以看见，你的各种念头

在你的脑子那神秘的

夜空，蝌蚪一样游动、奔跑

流星一样闪现

8. 严肃的黑眼睛

你戴着你严肃的黑眼睛，就像

哲学教授戴着他庄严的黑边镜——

当我对你说话时，你把它睁得

那么大，睫毛

一眨也不眨，在你弯垂的刘海下

你的身体也像它，保持

全神贯注的静止

显然你想要理解，人类

那古怪地蠕动的嘴巴

每一个字眼，每一句话
它们的表情和语气，各自表示什么意思？
大黑眼睛努力——盯着：我的嘴
它在思索
像含着一块难啃的骨头
每一个音节都不放弃

9. 责　备
我上楼去看
药煮沸没有
你在楼下等我
五分钟，十分钟……
"汪！"你喊我，有点
不耐烦。稍停
"汪汪！"开始发脾气
我手忙脚乱下来
你，赌气般沉默，用你大黑眼睛里严肃的
委屈——责备我，"磨蹭什么呀你？"

10. 你的心有巨大的感激
你总是卧在有人的地方
像冬天你总是走在街道朝阳的那面
遇见孩子们你总情不自禁靠近
每一只抚摸过你的手你从不忘记
你的心有巨大的感激——

你只是一只小动物,小小的。
他们教我残忍的时候
你却教会我温柔——

11. 家人都外出的日子

家人都外出的日子
房子,一点也不空荡荡
我们散完步,回去
坐在祖父
那样宽大的阳台上
阳光,围着白棉布围裙
——上面绣着蜜蜂的嗡嘤
祖母那样,照看我们

我聊天,和一本书
不时也和你。
你玩游戏,和你的小伙伴们:
毛线团、报纸、我的
一只袜子(我尖叫,两手叉腰,像个巫婆
"不许!——打!")
还有自己的尾巴尖——你追着它跳
疯狂圆舞曲。
累了就在我的大衣做成的
鲜红呢绒床上
把身子团成一个完美的圆

你将睡眠关在里面
但你的梦无拘无束,就像花园关不住
花香——
整天门铃不响,除了送奶人

那些日子,我们的脸都红扑扑的
像是喝了些甜酒酿
我们几乎都遗忘了
那位不速之客——离别!
在我们背后,我们小小的影子里
他高大的身材等着我们

12. 当你走后

当你走后
这块草坪,阳光
徒然照耀
青草,徒然生长

当你走后
这块草坪,如我的心
将用它的空旷
回忆你——

13. 小囚徒

你是一个小小的囚徒

寄居在不喜爱你的别人家里
除了，问号似的老奶奶
（她鞠躬，向相敬如宾的岁月）
八十岁后，她重新变成了小孩

每天一次，我探望你
每天傍晚，在穷人的大杂院
歪歪扭扭的小巷
某一扇，油漆剥落的门后
你

趴在那儿，泪汪汪的鼻子不停
翕动，它忙于辨认
它在等，千万个人中那双
为它带来食物和爱的手

每天傍晚，我惭愧又感动
你迎接我，以那样炽热的喜悦——
你小小身体的战栗，久久平静
不下来

我们散步，你拽着我
两只耳朵宛如
蝶翅——仿佛，你用它，而不是脚
你在飞而不是走动

到大街上到
慢慢亮起来的路灯下,享受
渐凉的晚风、灰尘
汽车尾气和大排档烟火……

有时,在人行道上突然
你停下来,两只前爪抱住我的腿
仰起脸望我——
"谢谢你带我出来玩
我真高兴,真高兴——"

我的心,无声地
湿润了——
蹲下来摸摸你的头,声音
不由自主地温柔
"好了,黑黑,继续玩吧,玩吧——"

2003

旅行记（组诗）

第一章　藏地行记

1. 枯草的尊严
枯草绵延
几天几夜，我们的车轮驶不出它的领地

枯草绵延
在高原的很多山脉很多土地

几乎是唯一的植被。几乎
是唯一的生命

如此大面积的枯草，用衰竭中的尊严
震撼我

2. 死亡那绚丽的色彩
长途公交车窗外，草地连着草地，山脉连着山脉
完全是白雪与枯草的世界
整整一天，我看见唯一一只鸟类是秃鹫

我看见唯一绚丽的色彩
是某座山坡上树满经幡的天葬台

3. 荒草的白色多么强劲
醒来的人汗毛微耸：

静极。满月。
小旅馆后院杂草丛生
满院白色的荒草根根倒地
黑暗中，那些倒地的白色多么强劲！

4. 密集在转经筒上的手
经房低暗。巨大的转经筒
柱状的金色旋转不已
藏民们的手伸向它，每一只手都在推动
每个人的手，那么多手
那么多粗糙黧黑的手密集以致
转经筒的旋转多么沉重——

5. 黑牦牛
它们是最早的劳动者
日出之前，已布散到所有草地和山坡
啃食沾满霜粒的细草
那些草多么小，几乎还是枯草
它们低头吃草的姿势要一直持续到傍晚

没有一头牛会偷懒
小牛犊的嘴早早套上木叉子
"防止偷奶喝"

6. 雨后泥泞的路上

雨后泥泞的路上
孩子们在屁股上"啪嗒"着书包回家了
他们红褐色肮脏的脸蛋回家了
牦牛被颈下铃铛的一串串脆响牵着,回家了
外乡来的牦牛将入住牦牛客栈
那客栈有墙有门,和星星做的豪华的屋顶
马群一匹跟着一匹
棕色马、淡青马、烟灰色马,回家了
旅行者背着行囊和相机,他疲惫的鞋子
回到今晚寄身的小旅馆……
亚拉雪山看着他们一个个
回家。它不回家。它在夜里远远地
微白——
像个独自玩耍的,小羊或小孩

第二章　云南行记

1. 苍山日志

那天早晨,我一定是目睹了
离人间最近的白云

像一队队巨鲸,停靠
在苍山山腰——山坡上白族人的坟墓
远望是一群群,食草的白羊

2. 喜洲古镇
雪白的照壁,不留一字
唯前面栽种三棵松树——
这是一户普通人家
也有一股浩然之气

3. 凌晨赶路
身后,行李箱高低不平的拖行
诡异地响
凌晨五点,狗都不叫。
在黑暗陌生的小巷独自
摸索前行——
全世界似乎只有,我一个人

4. 独龙江
它的清澈是有深度的。有时
湛蓝有时碧绿
有时,是两种颜色在阳光下的微妙叠加
就像我们优雅的古人
在花纹美妙的绢衣上又罩上一层
柔和的纱

夜里，它奇异地变成白色
如同轰鸣的积雪
它的脚踵跑得那么快，就像蛮勇的战士
它的名字不为大部分旅行者
所知。

5. 一棵树
——松山抗战遗址

弹洞
随树身长大
树不死
弹洞不死

6. 在六库

寒夜里
有人在江滩上点起一堆火
散步者停下来
靠着桥栏，长久地观看

江水被黑暗吞没
水流的声音更大
不要说话。甚至此刻天上的星星
也是多余的

火，飞鸟般的扑动仿佛

有一根绳子缚住了脚——火
黑夜里的默祷：黑夜里，独自的
凄凉、热烈、奉献、恳求……

第三章　西湖行记

1. 早晨的湖
早晨一场雨后
那些山，如今只剩一道隐隐的青痕
如烟，飘浮在半空
似乎一阵风来，就将它吹散——
沿岸树林边缘模糊
天水蒙蒙，微睡中发蓝
木船缓缓移动，如在镜中……
天地间唯有鸟儿，不时啁啾

2. 在苏堤
水波冲刷着岸石……
没有一点灰尘。

这里的每一块石头、每一张长椅
都聆听过情人的低语——

3. 安　宁
平铺在阳光下

这些新长出的荷叶使水面平静

一个又一个无云的
日子。微风。燕子……

哦,山脉和天空一样蔚蓝
人像树叶那样说话

4. 湖　边
我从未在哪里看到如此多的少年情侣
中年与老年夫妇
手挽着手儿漫步——
也许是这湖光山色的柔美
引发人们相互的爱慕?
如同春风给田野上的花儿,悄悄地
　　授了粉?

5. 木船靠岸停泊
木船靠岸停泊,摇摇晃晃
座椅上铺着蓝印花布
船头悬挂一盏玻璃小灯
主人站在岸上,招徕游客
有的是船夫,有的是船娘

6. 雨停在傍晚

雨停在傍晚

像一辆长途汽车靠站

湖边的一列列山脉,仿佛

沿途,遗失了行踪的乘客……

2000—2013

后记

最早落叶的树

有时候,当我重读自己的诗,我会感到一种火烧似的焦灼,使我忍不住要抛卷而去。所有那些我想要回过脸去,假装它从来没有发生过的痛的记忆,我想要远远离弃的既往生命的碎片,都在那些字词里栩栩如生地活着。活得那么兴致勃勃,全然不顾自己是多么不讨人喜欢。

茨维塔耶娃说,"我的诗纯粹是我心灵的碎银"。就是这样。正是这样。

心是我的母亲,在我急需援助的时候,它是我唯一可供求援之物。在另一些时候,它是我的判官和仇敌。

我任由自己忙忙碌碌,不停下来。很多时候,我任由灰尘漫漫飘落,一点点掩埋住我的心。我任由它昏昏噩噩地睡着。时常地,我需要这样冬眠。

年越长越能感受到,心是一棵落叶乔木。不是松树或冬青那样很英雄气概地对季节无动于衷的树,而是杨树那样急切地与季节共振的。据说杨树是一切树木中最早落叶的树。

我知道这都是因为我的心不够强大。就像杨树叶子,来了一些儿风,来了一点儿雨,就哗哗地响,弄出很大的动静。

很多时候,当我重读自己的诗,我感到羞惭、可耻。我看到我在自己心灵的困境中,犹如蛛网中徒然扑腾翅翼的灰蛾,全力以赴，无暇旁顾。很多年过去了，我仍在那蛛网中。

但杨树不假装自己是松树或冬青，它效忠于自己的本性。我效忠于我的心，它的软弱恐慌。

而所有在我心里发生过的，都曾在、正在和将在这个世界上的无数个人的心灵里发生。我不独自拥有任何一样东西。我并没有任何私密之物。

这就是我的真实生活。

我没有倾听者。长期以来，我和我的心相互倾听。

我也并没有写什么诗，我不过是和自己的心灵通了一些信。

而吹过这一棵杨树叶子的风，也将吹过那一棵、另一棵、还有一棵……

扶桑

扶桑

1970年生。河南信阳人。19岁发表第一首诗。
获《人民文学》新浪潮诗歌奖、《诗歌报月刊》全国爱情诗大奖赛一等奖，入围2010年华语传媒大奖年度诗人提名。
部分诗歌被翻译成英、德、日、俄、法、韩等国文字。

代表作品

诗集

《爱情诗篇》
《扶桑诗选》
《变色》

变色

出 品 人	续小强	选题策划	刘文飞	责任编辑	范　戈
复　　审	陈　洋	终　　审	贾晋仁	书籍设计	张永文
印装监制	巩　璠	项目运营	有度文化·刘文飞工作室		

投稿邮箱 ｜ liuwenfei0223@163.com

微　　博 ｜ http://weibo.com/liuwenfei0223　　微信公众号 ｜ txsk2013_